彗星交叉点

穂村　弘

筑摩書房

目次

彗星交叉点

装丁　葛西　薫

忘れ得ぬ言葉

先日、編集者のＩさんとご飯を食べたときのこと。何かの弾みに恋愛の話になった。「女性とつきあった経験が少ないんです」と彼が云うので、意外な気持ちになる。だって、私の目からは、Ｉさんは長身で整った顔立ちで東大卒の有能な編集者でちょっと変わり者、にみえるのだ。「ちょっと変わり者」は必ずしも欠点ではない。恋愛においてはむしろ有利に働くこともあるだろう。

ほ「もてそうな感じなのに」
Ｉ「そんなことありません」
ほ「でも、だって、Ｉさんは」

「長身で整った顔立ちで東大卒……」と云いかけた私を制して、彼は静かに断言した。

Ｉ「その証拠に、僕、今のほむらさんの言葉、十年後も絶対覚えてますよ。『もてそうな感じ』って云いましたよね」

おおっ、と思う。なんという説得力。確かに、本当にもてる人は、そんな言葉は聞き流して生きているにちがいない。十年後に覚えている筈がないのだ。この人は真実を語っている。私は、なんかよくわからないけど、今夜はおごってもいい、という気分になった。

Ｉさんの気持ちはわかる。同じ言葉を云われたら、私も忘れないだろう。心の奥に大事に大事に抱え込んで、時々取り出してはぺろぺろ舐めるのだ。「もてそうな感じ、もてそうな感じ、もてそうな感じ、僕はもてそうな感じなんだ」と。

それが自信のない項目に関わるものであればあるほど、ささやかな褒め言葉が宝物になる。但し、その項目における貧者だから安っぽい褒め言葉でも満足するだろうと思われるのは心外。貧しき者だからこそ、贋の金貨を憎むのだ。「うわっ、褒め言葉だ。眩しい。でも本物？」という思いに充ちて、与えられた宝物の純度を測る。

ちなみに今回の「もてそうな感じ」は本物。一見曖昧な褒め言葉にみえるのは、当方は与《あずか》り知らぬことながら、というニュアンスがあるから。でも、だからこそそのニュートラルな評価であり、そのことはＩさんにも伝わったと思う。

昔、何人かでお茶を飲んでいたとき、今まで誰かに云われたなかでいちばん嬉しかった言葉は何か、という話題になったことがある。「俺はやっぱり、あれかなあ」と翻訳家のＮさんが云った。

「ボクサーみたい」

ああ、と思った。確かにＮさんにはそんな雰囲気がある。でも、これは怖ろしい言葉なんじゃないか。

例えば、恰好良い／恰好悪い、才能がある／才能がない、もてる／もてない、仕事ができる／仕事ができない、信頼できる／信頼できない。これらは多くの人が自然に関わっている云わば大項目だ。「貴方は信頼できる」と云われて嬉しくない人はいないだろう。

だが、ボクサーみたい／ボクサーみたいじゃない、はちがう。あまりにもピンポイントというか限定的な価値観だ。仮に「ボクサーみたい」と云われたのが、私だったらどうか。きょとんとしてしまっただろう。「この人は何を云ってるんだ。目が悪いのかな」と。

その言葉は、相手がＮさんだったからこそ、意味をもったのだ。それは彼が実際にボクサーっぽいってことのみを意味しない。彼の心の奥に、ボクサーのようでありたい、という望みがあったことがポイントだ。そこに向かって真っ直ぐに放たれた言葉は、「もてそうな感じ」とは異なる次元で人間を呪縛する。或る種の恋愛とかマインドコントロールとかって、そうやって始まるんじゃないか。本人も気づいていない願いのような〈私〉の言語化。それにしても、Nさんは一体誰に云われたのだろう。

前にも云ったかもしれないけど

以前、編集者のFさんと一緒に駅のホームにいるとき、こんな会話になった。

ほ「そのコート、恰好いいね」
F「ありがとうございます。でも、四回目です」
ほ「え？」
F「このコートを褒めていただくの」

しまった、を超えて恐怖に襲われた。全く覚えがないのだ。前に一度褒めたのを忘れていたとかなら、まあ、わかる。しかし、四回目となると、大丈夫だろうか。マナー以前に、自分が心配だ。

最近めっきりこの現象が増えてきたのである。強く印象に残ったことを無意識に繰り返すんだろう、とは思う。でも、その内容に規則性がないというか、自分の口から何が飛び出すかわからないのが不気味だ。

先日、焼肉屋で明らかになったパターンはこれである。

ほ「ハラミって知らなかったんだけど、昔、会社の先輩と焼肉食べに行ったとき、その人が注文して、食べたらおいしかったんだよね」

妻「そうなんだってね」

ん？　と思う。妻の相槌が気になったので、おそるおそる訊いてみた。

ほ「これ、前にも云ったっけ？」

妻「うん、ハラミを食べるとき、必ず教えてくれるから、よっぽど印象深かったんだなあ、と思って」

「ハラミを食べるとき、必ず」だって？　今までに何回食べただろう。三回や四回じゃないぞ。おそろしい。それにしても、「会社の先輩がハラミを教えてくれた」件は、私の人生における重要エピソードでもなんでもない。上から数えて一〇〇番以内にも入らないだろう。それなのに、繰り返してしまうのは何故だ。特定のシチュエーションになると、ボタンを押されたように言葉が出てしまうのか。それでは事前のチェックは難しい。対抗策として、次の言葉を導入してみた。

「前にも云ったかもしれないけど」


なんとなく怪しいかなあ、というときは、とりあえずこれを云っておけば大丈夫だろう、と思っていた。ところが、である。電車のなかで若い女性同士の会話をきいてしまったのだ。

「上司が同じ話を何度も嬉しそうに繰り返すから、相槌に困るんだよね。あれってなんで？

『もう話したよフラグ』が壊れてるのかなあ」

「わかる。でも、『前にも云ったかもしれないけど』って一応前置きしてから、ほんとに前にきいた話をされるのも悲しいものがあるよね」

「自信ないなら云うなよ、って思うよね」

そうだろうな。そうだろうよ。でも、ほんとに「もう話したよフラグ」って甘くなるんだよ。びんびんの君たちにはわからないだろうけど。

ちなみに、本欄の担当編集者であるTさんからの最近のメールには、高確率でこんな文言が表れる。

「会社のエアコンを28℃に設定しているのですが、29℃までしか下がりません」
「エアコンの設定は28℃なのに、どうして室温は29℃までしか下がらないんだろう」
「エアコンの設定が28℃なのに、ずっと29℃なのはどうして？」

メール用の定型化された挨拶文ではない。よくみると、毎回ちゃんと心を込めて書かれているのがわかるのだ。

白い天然、黒い天然

「恐怖」をテーマにした連載を始めることになって、その参考にするために、知人たちに「貴方のこわいものはなんですか」という質問をしたところ、Mさんという女性からメールでこんな回答が寄せられた。

ライオンですね。もし家にいたらと思うとこわくてたまりません。

これは、と思った。連載の参考にはならない。でも、なんだか惹かれるものがある。私は何度も読み返してしまった。

この答の魅力はどこにあるんだろう、と考える。虎だって豹だってゴリラだってハブだってタランチュラだって蠍だって、家にいたらこわくてたまらないだろう。何故ピンポイントで「ライオン」？

それ以前に何故「家にいたら」？　「ライオン」が家にいる可能性は極端に低いではないか。それなら、毒蛇とか毒蜘蛛とかの方が状況によってはまだ有り得る分こわくないか。

だが、突っ込みポイントの多さこそが、そのままこの答の素晴らしさだと思う。「ライオン」が家にいたら、誰だってこわい。でも、「貴方のこわいものはなんですか」という質問に対して、そう答える人は殆どいない。選ばれし者の回答なのだ。

この答をくれたMさんと以前交わした会話を思い出す。新幹線の座席をどこまで倒すのが最も快適か、というテーマだった。

ほ「倒せば倒すほど楽ってものじゃないよね」
M「ええ」
ほ「後ろに誰もいなかったりすると、しめたと思って思いっきり倒すんだけど、しばらくすると落ち着かなくてちょっとずつ元に戻しちゃう」
M「ええ」
ほ「Mさんはいつもどうしてるの？」
M「私は2ですね」

へ？　と思う。「２」？　よくきいてみると、それは最初の状態から二段階だけ倒す、という意味らしい。云われればわかる。でも、あれを「２」って呼ぶっていつ決まったのか。だが、Mさんはにこにこしている。その疑いの無さに、こちらの方がちょっと動揺して、なんだか面白いなあ、と思ってしまった。

Mさんはいわゆる天然なんだと思う。しかも白い天然だ。

私は或るときから、天然にも種類があるんじゃないか、と考えるようになった。天然＝イノセント＝白、というイメージがあるが、実際にはちょっとちがっていると思う。黒い天然とか灰色の天然もあるような気がするのだ。

十年以上前のことだが、何人かでお茶を飲んでいるとき、Nさんという女性が私にこう云った。

N「ほむらさんって若くみえますね」
ほ「え、そうかなあ（ちょっと嬉しい）」
N「ええ。若くみえます」
ほ「そんなことないでしょう」
N「三十五歳くらいにみえますよ」

うーん、と思う。そのとき、私は三十七歳だったのだ。確かに二歳若いけど、微妙だ。周りの人々も反応に困って、辺りにはなんとも云えないもやもや感が漂った。でも、Nさんはうっすらと微笑んでいる。

また別の時、Nさんが或る夫婦に向かってこう云うのをきいたこともある。

N「似てますね。鼻がそっくり」

子供が、ではない。夫婦が似ているというのだ。夫と妻は互いに顔を見合わせて、やはりその場がもやもやした。たぶん、Nさんに悪意はない。でも、云われた方は妙に落ち着かない気持ちになる。今振り返って、思うのだ。彼女は灰色の天然だったんじゃないか。

最期の言葉

二十代の頃、何かの拍子に死に際の話になった。当時つきあっていた恋人が私に向かって云った。

「最期に私の手を握って、『おまえのおかげでいい人生だった』って云ってくれる？」

えっ、と思う。私が先に死ぬって決まってるのか。いや、まあ、別にいいんだけど、最期の言葉がそれって、ちょっと恰好悪いなあ。

私のイメージでは、もうちょっと文学的で、謎めいていて、往生際が悪いところが逆に恰好いい、みたいな言葉で締めくくりたかったんだけど。

こちらの躊躇《ためら》いを察知した恋人は不満そうに云った。

「嫌なんだ」

いや、嫌ってわけじゃないけど。じゃあ、最期の言葉はそれでもいいけど、公式にはちがった言葉を遺したことにしてくれる？

とは、云いにくかった。彼女にはこの気持ちはわかってもらえない気がしたのだ。

恋人とは数年後に別れてしまったので、「その場面」を迎えることなく、全ては水に流れてしまったけれど、その後もときおり考えることがある。人生の最期の瞬間に、どんな言葉を遺すのがいいだろう。

死に際に恰好つけてもしょうがない、という意見もあると思う。でも、何というか、最期の瞬間に人間の真価が問われる、みたいな雰囲気があるではないか。

立派な人格を感じさせるとかじゃなくて、例えばゲーテの「もっと光を」とか、単純だけど心に残る。なかなか云えそうで云えないだろう。

それ以外にも、以前読んだ『人間最後の言葉』という本によれば、「皇帝たるものは立って死ななくてはならない」（ヴェスパシアヌス）とか、「わたしのなぐさめは、いまこのとき、きっとどこかで恋人たちが愛し合っている、ということです」（フォンテーヌ・マルテル夫人）とか、「わたしは危篤にちがいないってことが、今わかったよ。おまえが呼ばれて来たんだからね」（ヘンリー・W・ロングフェロー）とか、「窓を閉めてくれ、外は美しすぎる」（アルフレッド・ル・ポワトヴァン）とか。

みんな凄すぎる。死を前にして、よくこんないいことが云えるなあ。あとに続く者としてはプレッシャーだ。やはり事前に最期の言葉を準備しておくべきだろうか。でも、それってやっぱりズルな気がする。

最近きいたなかでもっとも感銘を受けたのは、友人の歌人東直子さんのお祖父さんの言葉である。

東さんによれば、九十二歳のシゲノブじいちゃんの趣味は詩吟と日本刺繍。体調を崩して床についたあとも意識はしっかりしていて、食欲もあったという。その日も孫にお粥と鰻を食べさせてもらっていたのだが、夜中に容態が急変してしまった。

子供と孫と曾孫に囲まれたシゲノブじいちゃんの最期の言葉は、次のひとことだった。

「お粥に鰻は合わん」

痺れた。

ネーミング

高校生のとき、街頭でキャッチセールスに引っかかったことがある。最初は愛想のよかったお兄さんが、途中からだんだん怖くなってきて、しまった、と思ったときにはもう遅い。怪しげな書類にサインをさせられる羽目に陥った。どうしよう、と焦った私は苦し紛れに偽の名前を記入した。その名は「神田二郎」。思わず、相手の顔色を窺ってしまう。案の定、「カンダ・ジロー?」と不審そうに読み上げられた。

そうだろうな、と思う。だって、いかにも偽名っぽいもん。日本人男性名の基本ともいうべき「山田太郎」を、自転車のダイヤル錠みたいにちょっとだけずらしたって感じ。

「あんた、カンダさん?」

「は、はい」

「ジローさん?」

「は、はい」
「カンダ・ジローさん?」
「は、はい」

お兄さんの鋭い視線を浴びながら、私は自分のネーミングセンスの無さを呪った。「工藤史隆」くらいにしておけばよかった。「クドウ・フミタカさん?」「あ、ノブタカです。ちゃんと読んで貰えたことないんですけど」なんつってリアル。無理だよ。咄嗟にそんなの。

仮に自分が小説を書くとしたら、物語の展開に悩むより先に、まず登場人物のネーミングで頭を抱える、と思う。主人公を「山田」にする勇気はない。でも、「伊集院」や「京極」も逆の意味で躊躇《ためら》われる。でもでも、「櫛田」とか「市丸」だと、その中間で自然にいい感じを狙った作者の心理がバレバレだ。などとあれこれ考えてしまうにちがいない。名前なんて何でもいいと思って、気にしなければいい。中学一年のクラスには五人の「渡辺」がいた。だが、それは現実だから許されることなのだ。

小説家たちはいったいどうやって多くの登場人物に名前をつけているのだろう。偶然のリアリティを導入するために、昔の同級生の名前を少し変えたり、雑誌の懸賞欄でたまたま目にした名前を貰ったりしているとか。或いは、身近な家族や編集者に「なんでもいいから、思いついた名前を云ってみて」と頼んだり。そんなとき「神田二郎」と答えるような相手は使えない。

というわけで、私は小説や漫画や映画のなかの登場人物が、そのキャラクターにぴったりの名前、意外だけどこれしかないと思えるような名前、を与えられていると感心してしまう。

例えば、萩尾望都の傑作ＳＦ漫画『11人いる！』における「フロルベリチェリ・フロル」。音の響きも新鮮だが、ヴェネ星人であるフロルは雌雄未分化で、将来男になるか女になるか、状況的にも本人の気持ち的にもまだわからない。その揺れ動く感覚とも響き合う名前に思えるのだ。

また、これは姓名ではなくていわゆる通り名だが、『八つ墓村』（横溝正史）のなかに「濃茶の尼」という人物が出てきたときも、凄いと思った。映画化作品の中で「祟りじゃ〜」を連発する奇怪な老女だが、これが単におどろおどろしい名前では興醒めだ。だが、「濃茶の尼」とは。なにやら得体の知れない風土的なリアリティを感じる。

さらに云うと、クエンティン・タランティーノ監督の映画『キル・ビル』のなかで栗山千明が演じた美少女の殺し屋は「ＧＯＧＯ夕張」。なんじゃそりゃ、と思わずにはいられない。その名は監督の愛するアニメ「マッハＧＯ ＧＯ ＧＯ！」とゆうばり国際ファンタスティック映画祭に由来する、などと云われてもなんじゃそりゃ感は強まるばかり。にも拘らず、棘付きの鉄球をぶんぶん振り回すセーラー服の美少女の突飛さに、その語感がぴったり嵌っていて感動する。愛ある適当美というべきか。

客たち

お店というものに関わったことがない。父は会社員だったし、母は専業主婦、私自身も会社員から文筆業に転じた。だから、自分の店というものにちょっとだけ憧れている。そこには色々なお客さんがやってきて、日々小さなドラマが起きるのだろう。ただ、お店側は逃げることができない。当たり前だ。逃げたらお店にならない。良い客ばかりならいいが、そんなことは有り得ない。どんな客が来ても受け入れるしかないところが厳しそうだ。

自分も客のひとりとしてお店にいるとき、そこで見かけて後々まで印象に残るのは良い客ではなく嫌な客でもなく、ちょっと変わった客だ。

先日、空港の寿司屋にいたときのこと。年輩の男性客が入ってきてカウンターに座った。そして、云った。

「一貫だけでもいい？」

板前さんたちは一瞬顔を見合わせてから、「ええ、勿論」と応えた。そりゃそうだろう。一貫でも客は客だ。

「じゃ、まぐろ」

それだけ云うと、お客は目を閉じてしまった。私はその横顔をちらちらと見てしまう。やがて、注文したまぐろ一貫が出されると、彼は静かにそれを食べ、すぐにお勘定をして出ていった。

お店の人は首を捻っている。私も、うーん、と思う。今のはどういうことなんだろう。『小僧の神様』（志賀直哉）の小僧のように、お金がないけど、どうしてもお寿司が食べたかったのか。そうは見えなかった。外国に行く前にどうしてもお寿司を味わっておきたいけど、もう搭乗時間が迫っていてせめてまぐろの一貫を、とか。いや、特に急いでいる風ではなかった。もしかして、まぐろミシュラン（？）的なものの調査員。というのも考えにくい。じゃあ、なんかよくわかんないけど「達人」？　などとあれこれ考えて、結局、謎は解けないまま。気になるあまり、私も同じものを頼んでしまった。もぐもぐ。うん、まぐろだ。

また数年前の或る雪の夜のこと。地元のカフェで温かい飲み物を啜っていたら、ドアが開いて、冷たい空気とともに若い女性がひとり入ってきた。彼女はカウンターに座るなり、こう云った。

「しかし、ビール」

思わず、笑ってしまった。なんだ、そりゃ。第一声がいきなり「しかし」って。でも、わかる。お店の人も笑っている。その夜は、寒いですね、が人々の挨拶になるほど冷え込んでいた。こんな雪の日に、彼女は「しかし、ビール」なのだ。かっこいい。

私自身が図らずも謎の客になったこともある。以前、タクシーに乗ったときのこと。行き先を告げて車が走り出したのだが、しばらくしてから運転手さんが不安そうな声で云ったのだ。

「あの、お客さん、いい匂いですね」

一瞬、なんのことかわからなかった。が、すぐに思い当たる。ハッカだ。私は酷い頭痛持ちで、それを緩和するために常にハッカのスプレーを持ち歩いている。たまたまそのときも、シュッと吹きかけたばかりだったのだ。

匂いって自分ではすぐに慣れてしまう。でも、運転手さんはぎょっとしたのだろう。背後に異様なハッカ臭を放つ男が乗り込んできたのだ。香水とは桁違いの異臭。タクシーは密室。バックミラーの中の男は無表情。耐え切れずに、声をかけてしまったのだろう。

「あ、これは北見ハッカの匂いです。頭痛に効くんですよ」と正体を明かして安心させてあげたけど、ちょっと残念。最後まで謎の客のままでいたかった。

自慢

何故、男性は自慢が好きなんだろう。

連れの女性に向かって「俺が一千万ぽんと出してやったら、野郎、泣いて喜んでよう」と語っているおじさんを見たことがある。場所は御徒町の回転寿司屋だ。その大声は店内に響き渡っていた。この人、どういう自意識をしてるんだ、と私は思った。こんなところでそんな自慢をされても、それなら銀座のお寿司屋さんにでも連れて行ってよ、と思うだけだろうと、連れの女性の様子を窺ったら、意外にも彼女はきらきらした目で頷いているではないか。うーん、ありなのか、これって。それとも、日本女性は若い頃から男の自慢話を浴び続けるので自然に耐性ができてしまうのだろうか。

家柄自慢、学歴自慢、会社自慢などのオーソドックスタイプの他に、忙しい自慢、寝てない自慢、苦労自慢、貧乏自慢、昔は俺もやんちゃした自慢など、さまざまなベクトルのものが結果的に自慢に結びつく。さらに、説教の形をした自慢、アドバイスの形をした自慢などのバリエーションを含めると、街には無数の自慢が溢れている。
その水脈は実に豊かで、全くその気配がなさそうなところをちょっと押しただけで、ぶしゅーっと自慢が噴き出すこともある。以前、或る大学の先生と話したときのこと。本の置き場所に困るという話題から、こんなやり取りになった。

ほ「でも、大学の先生なら自宅以外に研究室にも本を置けるからいいですよね」
先「いやあ、私のところは○○平米ですから、たいして置けないんです」
ほ「あ、そうなんですか」
先「……」

会話の後に不思議な感触が残った。しかし、その正体がわからない。帰りの電車のなかで不意に気がついた。ひょっとしてあれは自慢だったんじゃないか。突然出てきた「平米」という単語が予想外だった上に、自分になじみがなくてよくわからなかったけど、たぶん広かったのだろう。「あ、そうなんですか」と素直に納得してはいけなかった。「え、いや、充分広いじゃないですか」とびっくりするのが正解。でも、もう遅い。
それにしても、と思う。男性の自慢の多くは妙に数量的だ。自分がその気になれば幾らのお金を動かせるとか、一声かければ何人が集まるとか。そういえば私も、会社員時代に貰ったボーナスの最高額や高校時代の模擬試験で最も成績が良かったときの順位を覚えている。ちょっとしたきっかけがあれば、ぶしゅーっと自慢できそうだ。

全ての自慢が嫌という訳じゃない。ときには面白いと感じることもある。最近印象的だったのは、或る洋服屋で目撃した一場面である。年輩の男性客と店員とがこんな会話をしていた。

店「わあ、お客様、とてもよくお似合いです」
客「そうかね」
店「はい。こちらのタイプは襟を立てても素敵ですよ」
客「いや、いい（真顔）」
店「は？」
客「もういいんだ（優しく）」
店「は、はあ」
客「襟なら、若い頃、散々立てたからね。僕はもう、立てなくていいんだよ」

これも「昔は俺も」自慢の一種だろうか。でも、妙な味わいがある。こうみえて昔は俺も散々襟を立てて女房の奴を泣かせたもんさ。あんな思いはもうさせたくねえ。襟はぺったり寝かせておくぜ。

本当の名前

ノートに　ひらがなで　『しげる』と　書いてから、
けしゴムで　「げ」の　てんてんを　けしてみた。
「し　け　る」
これなら　どう？
少し　女の子っぽい？
（略）
こんどは　カタカナに　してみる。
『シゲル』と　書いてから、
けしゴムで　「シ」の字の　よこ線　二本を
けして、たて線　二本に　してみた。
「ツ　ゲ　ル」

「ムロイ　シゲル」じゃなくて
「ムロイ　ツゲル」。
これなら　どう？
少しは　女の子みたい？

『しげちゃん』（室井滋・作、長谷川義史・絵）

室井滋さんの絵本からの引用だが、これ、子どもの頃、本当にやったんだろうなあ、という感じがリアルに伝わってくる。にも拘わらず、大人になった彼女が今も「滋」のまま「女優」をやっている、というのも面白い。好感を持つ。

それは、親に貰った名前を大切に、という感覚とも少しちがっている。自らの本名を決めることは誰にもできない。だから、自分ではどうしようもない何か、良くも悪くも思いがけない何か、そんな偶然性の要素が名付けにはどうしても入ってしまう。そのこと自体に惹かれるのだ。

父親が好きだった絵の題名をとって「泉」。母親の友達がお祝いにもってきてくれた、その子が生まれて初めて見た花の名前と同じ「えりか」。例えば、そんなネーミングには良い意味での偶然性があって、それが本人の生を包むように思われる。単純に親から一文字貰うなどの場合も同様だ。

以前、桝野浩一さんが、ものを書き始めたばかりの人が自分でつけたペンネームにはしばしば「月」という文字が入る、という意味の指摘をされていたが、そう思ってみると、確かにインターネット上のペンネームなどは「月」だらけだ。この「月」は言霊的に効きにくいだろう。偶然性のある「月」ならいい。だが、「月」を入れた名前の多くは、その他の部分も素敵な文字で固められている。本人の思い入れの強さによって、偶然性の要素、つまり「思いがけなさ」が奪われているのだ。自分で自分に名前をつけることの難しさを感じる。と云いつつ、私も自分でつけたけど。

先日、こんなメールが届いた。その冒頭部分を本人の許可を貰って引用してみる。

いつも、光村図書「飛ぶ教室」の新刊書評でお世話になっておりまして、誠にありがとうございます。私は、このたび「飛ぶ教室」編集部に配属になりました、はま野かずな、と申します。(「はま野」の「はま」は「眉」みたいな字がある漢字でして、それを使ってメールをしますと、その文字だけでなく全体的に文字化けしてしまうので、メールでは失礼ながら平仮名にさせていただいております。)

どきどきした。本当の名前を告げると世界が壊れてしまうなんて、神話みたいだなあ、と思ったのだ。ここでは「思いがけなさ」が猛威を振るっている。私はまだ仕事相手である彼女の「本名」を知らない。一体どんな文字なのか。ペンネームに「月」を入れるという行為も、結果的に裏目に出がちなだけで、その根本にはこのような感覚への憧れがあると思うのだ。

脳内留学生との会話

昔、留学生のクラスメートに訊かれたことがある。

留「『一本、二本、三本、四本、五本、六本、七本、八本、九本、十本』の『本』の発音が、ランダムに変化するのはどうして。凄く覚え難いんだけど」

一瞬、質問の意味がわからなかった。戸惑いながら頭の中で「いっぽん」「にほん」と数えてみる。なるほど。「本」の発音が順に「ぽん、ほん、ぼん、ほん、ほん、ぽん、ほん、ぽん、ほん、ぽん」と変化している。自分では自然に発音していたから、「ぽん」「ほん」「ぼん」の三種類あることを意識してなかったのだ。確かに、留学生が覚えるには面倒かもしれない。

「一本」「六本」「八本」などは、直前の音が「っ」だから「ぽん」、というように決まるのかと思ったのだが、でも、直前の音が共に「ん」である「三本」と「四本」は発音がちがっている。「さんぼん」「よんほん」、どうなってるんだろう。私は理由を説明することができなかった。

それ以来、何かの拍子に脳内留学生と会話をする癖がついた。

留「日本語はランダム過ぎて困りますよ。覚える方の身にもなってよ」

ほ「そうかなあ。自然なんだけどなあ」

留「規則性がないから、とにかくそういうものとして丸暗記するしかない。『一本、二本』問題の他にも、『タイ焼き、タコ焼き』問題とか困った。覚えるのが大変だったよ」

ほ「タイ焼きのどこが困るの？」

留「名前が」

ほ「タイの形だからタイ焼き、何か変？」

留「でも、タコ焼きは？」

ほ「え？」

留「タコの形してませんよね」

ほ「うん。でも、刻んだタコが入ってるんだよ」

留「タイ焼きはタイの形、タコ焼きは刻んだタコが入ってる」

ほ「うん、そう」
留「じゃ、イカ焼きは？」
ほ「え？」
留「イカの形？　刻んだイカが入ってる？」
ほ「いや、形とか入ってるとかじゃなくて、あれは、要するにイカそのものだね」
留「三つとも『焼き』なのに名前の意味がばらばらですよね。イカ焼きを食べながら『タコ焼きも食べる？』って訊かれたら、タコの丸焼きが来ると思ってびりますよ」
ほ「そ、そうか」
留「明石焼きは？」
ほ「え？」
留「明石の形？　刻んだ明石が入ってる？　明石の丸焼き？」
ほ「ど、どれも違うよ」
留「？」
ほ「明石で生まれたんだ」
留「ね、ひどいでしょう。まだまだ、お好み焼き、生姜焼き、串焼き、焼き餅焼き、根性焼き。全部『焼き』だけど、その意味はばらばら」

ほ「うーん」

兄弟姉妹

編集者のSさんとメールのやりとりをしていたときのこと。そのなかに、こんな一文が出てきた。

「妹が目の前で眠っています。そばつゆに髪の毛を浸して」

ぎょっとする。あ、あの、髪をそばつゆから出してあげなくていいのですか。よく事情を訊いてみると、同居している妹が酔っぱらって帰ってきて、そのまま食卓で眠ってしまった、ということらしい。そして、淡々とその姿を見下ろしている姉。うーん、姉妹ってそういうものの？

その後、出版記念のトークイベントの折りに当の妹さんと会う機会があった。

S「これ、妹です」
妹「はじめまして」

あ、そばつゆの、と云いかけて言葉を飲んだ。妹さんは素敵な人だった。つやつやした黒髪が美しい。これがそばつゆに浸かった夜があったのか、と妙な興奮を覚える。

「妹が目の前で眠っています。そばつゆに髪の毛を浸して」って、よくみたら、三十一文字の短歌だなあ。

私はひとりっこなので兄弟や姉妹というものがよくわからないのだ。ひどく仲のいい兄弟姉妹がいる半面、憎み合っているとしか思えないケースもある。或いは全く無関心なことも。友人のひとりは自分の妹が通っている大学を知らなかった。

大学時代の同居人Yくんの話を覚えている。彼には二歳下の弟がいた。

Y「兄弟喧嘩のときは撲ったりしても駄目なんだ」
ほ「じゃ、どうするの?」
Y「両手両脚を押さえつけて顔に唾を落とすんだよ」

驚いた。Yくんは温厚で朗らかな性格だったから。

Y「そのせいで今でも弟は何をやっても僕には敵わないと思い込んでるんだ」

怖ろしい刷り込みだ。赤の他人には決してしないだろうと思えることも、血の繋がった兄弟姉妹にはできてしまうものなのか。

ちなみに私の妻には年子の弟がいる。

ほ「子供の頃、弟と喧嘩した？」
妻「うん」
ほ「どんな風に」
妻「髪をひっぱって泣かしたら、大事なお人形のほっぺたに『バカ』って書かれた」
ほ「へえ」
妻「でも、あたしの方が強かったよ」
ほ「へええ」
妻「マーブルチョコの赤とかオレンジとか可愛い色は全部あたしが食べて、弟には茶色しかあげなかった」

ほ「へええええ」

現在の弟はというと九〇キロはありそうな偉丈夫で、製薬会社の研究所に勤める二児の父親である。私は彼に会う度に思ってしまうのだ。この人がマーブルチョコの茶色しか食べさせて貰えなかったんだなあ。

怪しい扉

駅前にマッサージ屋さんがある。普通の店なのかエロ系なのか、どうもよくわからない。どちらともつかない微妙な外観。「アロエ」という名前も清潔といえば清潔、エッチといえばエッチに思える。看板にはこう記されている。

洗体リゾート！

不思議な言葉だ。やっぱりエロな気がするけど、それっぽい写真があるわけではない。書体や色彩も真面目（？）で、絶対そうと確信できるほどではない。エロならエロ、普通なら普通とはっきりさせないと、どちらの希望者も迷ってしまって逆効果ではないか、と心配になる。それともみんなはこれでピンとくるのだろうか。

この扉の向こうに「洗体リゾート！」があるんだな、と思いながら、いつもお店の前を通っている。どんな世界なんだろう。
また或る日のこと。こんなメールが届いた。

夫が亡くなって夜がさみしくてたまらないので抱いてください。そして、ご迷惑かもしれませんが、使い切れない遺産を2000万円ほど、あなた様に差し上げたいと思います。よかったら受け取っていただけませんか。千枝。

頭がぐらぐらする。私が今まで生きてきた世界の在り方からすると、考えられない話である。千枝って人は実在しないと思う。それにしてもこのメールは、と訝しい気持ちになる。だって、あまりに怪しすぎるじゃないか。もうちょっとリアリティをもたせないと、誰も話に乗らないだろう。それとも、これくらい思い切って書かれると、ありえなさすぎてありえる(?)と思ってしまうものなのか。

それはおさみしいことでしょう、僕でよかったら、じゃあ、ちょっとだけ、と返信したら、どうなるのだろう。私の知っている世界の常識で考えると、逆にお金をとられることになるのだが、実際に試したわけではない。こちらだって抵抗するだろう。そこからお金を毟り取るのは面倒でリスキーな仕事に思えるが、それを生活の糧にしている人からするとそうでもないのだろうか。抵抗をあっさりと無効化するような手法というかシステムが存在するのかもしれない。でも、どうやって。などとあれこれ考えてしまう。
見るからに怪しい扉を開けると、その向こう側にどんな世界が待っているのか、知りたい。でも、自分が試みる気にはやはりなれない。誰か代わりにリポートしてくれないかな。

友「こわいお兄さんが出てきて、散々な目にあって、お金も取られました。でも、いいんです。怪しい組織からこいつを助け出せたから。ほら、千枝、ご挨拶を」
千「はじめまして」
ほ「は、はじめまして」
友「ぼくたち今度一緒になるんです」

ぽわわーん、となる。この世もまだ捨てたものじゃないな。想像だけど。

無茶

先日インターネットを眺めていたときのこと。買ったばかりの傘をなくしてしまった、という友人の書き込みが目に入った。お気に入りだったのに、と悲しんでいる。探したくても、どこに忘れてきたのか全く見当がつかないらしい。そんな嘆きのツイートがいくつか続いた後で、彼女はこう締めくくっていた。

「傘なんて街にくれてやらあ！」

思わず笑ってしまう。そう云われても、「街」も目を白黒させてしまうんじゃないか。もらっても差せないし。ここには、捨て鉢な面白さというか、やけくその魅力がある。乱暴な言葉の裏側に、奇妙な健気さめいたものも感じられる。

こんな短歌を思い出した。

二日酔いの無念極まるぼくのためもっと電車よ　まじめに走れ

福島泰樹

「まじめに走れ」が意外、かつ妙に可笑しい。いきなりそんなことを云われても「電車」だって困るだろう。どういうのが「まじめ」かよくわからないし。というか、おそらく「電車」はちゃんと「まじめ」に走っているのだ。ふらふらしているのは「二日酔い」の「ぼく」の方だろう。「ぼく」自身もそれをわかっていながら、敢えて「電車」に無茶を云っている。そんな自分勝手さにも拘わらず、ここにも不思議な恥じらいの感覚がある。

「電車」に無茶な要求をするといえば、こんな歌詞もあった。

あゝ中央線よ空を飛んであの娘の胸に突き刺され

「一本道」友部正人

いいなあ。確かにどこか「中央線」的抒情って気がする。山手線は突き刺さるの苦手そうだし。

そして、私の知る限りもっともハイテンションに無茶を云っている短歌はこれである。

少しだけネイルが剥げる原因はいつもシャワーだよシャワー土下座しろ！

古賀たかえ

え？　え？　っとなる。わがままと無茶の純度が高すぎて、こちらの判断機能が麻痺するのだ。「電車」に「まじめに走れ」とか、「中央線」に「あの娘の胸に突き刺され」とかっていうのは、気持ちとしてわからなくはないリクエスト。云われた方もがんばればなんとかなるかも。でも、これは無理だろう。「シャワー」に「土下座しろ！」。だって、絵が想像できないよ。

花だと思ったこともない

インターネットというものができて、それまで目にすることのなかった領域の言葉に触れる機会が増えた。ツイッターやブログや掲示板の中の、何処の誰が何のために書いたのかわからない言葉たちに、はっとすることがある。

例えば、先日、目が吸い寄せられたのはこんなツイート。

空港までの道でお母さんが「アジサイがきれい」と言うので、アジサイをきれいだと思ったこともなければ花だと思ったこともないと正直に伝えました

なんだろう。妙に気になる。でも、その理由がわからない。書き手は未知の人で、前後に状況を説明するような言葉もなかった。

何度も読み返すうちに、この文章の中の特に引っ掛かる部分として、「空港」と「花だと思

ったこともない」が浮かび上がってきた。もしもその部分がなかったらどうか。

道でお母さんが「アジサイがきれい」と言うので、アジサイをきれいだと思ったことがないと正直に伝えました

かなり普通になるというか、原文にあるオーラは消えてしまう。

「アジサイ」の花に見える部分は、実際にはいわゆる花ではなくて萼《がく》だとかいう話をきいたこともあるから、「花だと思ったこともない」という考えは或いは正しいのかも知れない。が、たぶんそういう問題ではないのだろう。

〈私〉の発言は「アジサイ」についての辞典的な知識を問題にしているわけではない。この言葉の背後には、そういう理屈を超えた切迫感があると思う。「アジサイ」が花であってはいけない、というような。

そもそも「お母さん」はただ「アジサイがきれい」と云っただけなのだ。「アジサイ」が花かどうかについての言及はない。にも拘わらず、それに対して「花だと思ったこともない」とまで云うのは奇妙ではないか。

もう一つのポイントである「空港」について思うのは、二人がこれから一緒に飛行機に乗る

とか、一緒に誰かを出迎えに行く、という雰囲気が感じられないということだ。どちらかが飛行機に乗るのを、どちらかが送る途中なんじゃないか。たぶん、乗るのは〈私〉の方だろう。

ともあれ、引用したツイートでは、直接的には「アジサイ」について語りながら、同時にそれ以上の何かが表現されているように思えてならない。

その正体は不明だが、なんとなく、このやりとりは母と娘でなくては成立しないように思える。もしも〈私〉が息子だったら「花だと思ったこともない」とは云わなかったんじゃないか。そこまでする必要がないというか。

と書きながら気がついた。先の文章の底には、母娘関係に潜む何かを断ち切ろうとするような感覚が流れていて、読者である私はそこに惹きつけられたんじゃないか。母だと思ったこともない？　この後、「空港」で二人は別れたのだろう。

駅前の「声」たち

友人からきいた話である。二十数年前の春、彼女は郷里から大学入学のために上京してきた。その初日に荻窪の駅前でこんなチラシを手渡されたのだという。

ホステス大募集！
ブス、イナカモノ、大歓迎！

東京はこわいとこや、と思いました、と彼女は云っていた。確かに凄いコピーだと思う。究極のポジティブ・メッセージだ。

駅というのは不思議な場所だ。そこにはさまざまな「声」たちが集まってくる。商売の「声」、政治の「声」、宗教の「声」。だが、中には分類困難なものもある。

学生時代のことだが、真冬の札幌駅前でパンツ一丁のおじさんを見た。雪景色の中でにここにこ笑っている。異様な光景におそるおそる近づいてみると、裸の肩から襷が掛かっていて、そこにはこんな文字が記されていた。

全身顔と思え！

「？」と思う。が、おじさんの笑顔とこの「声」とを見比べているうちになんとなくわかってくる。顔は一年中剥き出しである。だから、全身顔と思えば裸でも寒くない、その証拠にわしを見ろ、ということなのだろう。しかし、この主張の意味するところはなんなのだろう。現代人は寒がりすぎ、とか……。わからない。
最寄り駅前のロータリーには、数年前まで地面に座って歌を歌う老人がいた。彼の前には空き缶が置かれていた。

今日は　すば　すば　すば　すばらしいサンデー
きっと　だ　だ　だ　だれかが僕を
おおおお　ま　ま　ま　おお　待ってる

日本語版「ビューティフル・サンデー」のこの部分だけを、ぶるぶる震えながら何度も繰り返す。どうしてこの歌のここなのか、わからないのだが、奇妙に胸を打たれる。この世界の〈僕〉から脱皮しそうな迫力があった。

胸を打つと云えば、かつて大きな駅の近くでしばしば見かけたのが、こんな札を下げた少女である。

私の詩集買ってください。

何故か必ず「詩集」で、「小説集」や「イラストレーション集」ではないのだ。見るたびに切ない気持ちになったのは、私も詩を書くからか。それとも、張り詰めた表情や佇まいが、暗い未来を約束しているように思えたからだろうか。

それにしても、自分の詩を読んで欲しいという願いを真っ直ぐに形にした筈の「声」が、イレギュラーな印象を帯びてしまうのはどうしてなのだろう。記憶の中の彼女たちはみんな似ていて、一人の少女であったようにも感じられる。

もげたり、にえたり

お店や乗物の中などで、知らない人同士の会話をたまたま耳にすることがある。話題や内容だけでなく、やり取りのリズムや間合いから、それぞれの性格そして関係性が窺えるような気がする。それによって、こちらは好感をもったり、逆に批判的な気分になったりする。勝手にきいておいてなんなんだけど。

先日、尾道に行ったときのこと。市街地と海の風景を一望できる千光寺山頂へ向かうロープウェイに乗った。同じ車内に高校生のカップルが乗っていた。男の子は長身で野球部員のような風貌、小柄な女の子は部のマネージャーといった印象である。二人は付き合ってるような、そうでもないような、微妙な雰囲気。学校帰りらしい夏の制服の白さが眩しかった。

ロープウェイが上ってゆく間、二人はずっと無言だった。が、山頂の駅について歩き出したとき、彼らの会話が耳に入った。

男の子「ああ、こわかった。心臓がもげるかと思った」
女の子「心臓はもげんけん大丈夫」

くらっときた。なんて他愛ない。そして、あまりにも若い。「もげる」という動詞の選択、さらに「もげんけん」の方言化がたまらない。女の子が云う通り、心臓が「もげる」ことはない。止まることはあっても。

この会話をきいても、二人の関係性はわからないまま。本人たちにとってはなんということもないやり取りだろう。彼らがこの会話をずっと覚えていることはありえない。確実に消え去るはずの言葉たち。でも、確かにそれは交わされたのだ。この夏の日に。

また別の或る日。飲み屋で隣の席にいた女性二人の会話をきいた。どうも職場の先輩と後輩らしかった。

先輩「男で苦労してないでしょ」
後輩「そんなことないですよ」
先輩「そうかなあ。そうは見えないよ」
後輩「にえゆ」

先輩「飲んできたの」
後輩「はい」

聞き耳を立てていたくせに、私は「にえゆ」が、一瞬、変換できなかった。しかし、相手の女性は迷いなく反応した。さすが先輩。

それにしても、このタイミングで突然「にえゆ」が飛び出すのって、いいなあ。「飲まされたの」ではなく「飲んできたの」という主体的な表現でそれを受けたところも。

「心臓がもげる」「もげんけん」「にえゆ」、これらの言葉には何か共通性があるように思う。我々が縛りつけられている地上の法則からのズレというか、そこからの飛躍めいたニュアンス。交わした言葉が人々の記憶から消え去った後も、それらは永遠の光を微かに宿し続けるだろう。

正解は後ほど

Y君という友達の家に何人かで遊びに行ったときの話である。
その日は鍋をすることになっていたので、みんなでテーブルの周囲などを片付けて準備をしていた。Sさんという女性がてきぱきと辺りのゴミをまとめながら、こんな声を挙げた。

S「これ、プラゴミでいいの？」

部屋の主であるY君はちょっと離れたキッチンにいて、そこから尋ね返した。

Y「これって？」
S「テーブルの上にある、硬そうな、透明の、小さいゴミ」
Y「……」

S「プラゴミだよね？」

Y「違うと思うよ。爪だから」

S「ごあっ」

Sさんの野太い叫びに、思わず笑ってしまった。我々が来る前にY君は爪を切っていたのだ。で、そのまま放置されていたらしい。

その物質をSさんがプラゴミだと思ったことがそもそも可笑しい。わからんものか。Y君、プラスチック製なのか。

また、こうやって改めて再現してみると、面白さのポイントは「違うと思うよ」の「と思う」にあったこともわかる。なんで、そんなに穏やかなのか。明らかに、全然、プラゴミじゃないだろう、爪は。

最初に疑問や謎があって、後から正解がわかった例をもうひとつ思い出した。

先日、地元の蕎麦屋で注文した天麩羅蕎麦を待っていたときのこと。がらっとドアが開いて、ひとりの男性が物凄い勢いで飛び込んできた。力士並みの巨漢である。

彼は席に座るなり、メニューも見ずに叫んだ。

「せいろ一枚、せいろ一枚、大至急！」

奇妙な感じがした。このテンションからすると、とてもお腹が減っているのだろう。だから「大至急！」はわかる。しかし、何故「せいろ一枚」なのか。足りんだろう。お相撲さんのような人なのに。見た目と勢いと注文内容がズレてやしないか。

だが、その謎はすぐに解けた。彼が奥の厨房に向かってまた叫んだからだ。

「急いでね！　俺、今、向かいの店に並んでるから」

蕎麦屋の目の前にはステーキ屋がある。そこは行列ができるので有名な店だ。おそらく彼は友達と一緒に並んでいたのだ。ところが、この体である。途中でお腹が減って我慢できなくなったのだろう。そこで行列の方は友達に任せて、すぐ向かいの蕎麦屋に飛び込んだというわけだ。

なるほど、と思ったのは私だけではなかった。蕎麦屋のお客さんたちはみんな納得したらしい。そういうことなら急いであげて的な雰囲気が店内に充ち溢れる。せいろが来た。嬉しそうに蕎麦を啜る姿を見ながらしみじみする。この人この後ステーキ食うんだなあ。

おにぎりの病院

私の部屋の窓の下は通学路になっている。登下校の時間になると、高校生や中学生や小学生の声がきこえてくる。つい先日のこと。こんな言葉が耳に入った。声変わりする前の男の子の甲高い叫びだった。

「おにぎりの病院行くよ。おにぎりの病院行くよ」

「?」と思った。「おにぎりの病院」ってなんだろう。「お人形の病院」なら知っている。前にテレビで観た。腕がもげてしまったお人形やお腹に穴が開いてしまったぬいぐるみを入院させると、お医者さんが元通りに治してくれるのだ。だが、「おにぎりの病院」とは初耳である。形が歪んじゃったおにぎり。海苔が剝げちゃったおにぎり。梅干しの位置がずれちゃったおにぎり。そんな可哀想なおにぎりたちが、次々に思い浮かぶ。よしよし、みんなここにお並び。

もう大丈夫だよ、先生が治してあげようね。って、うーん、そういうことなのかなあ。

だが、ほどなく正解がわかった。しばらく耳を澄ましていたら、おんなじ声がまたきこえてきたのだ。


「おにぎりのお父さんの病院行くよ」


「！」と思った。そうか。「おにぎり」って友達のあだ名か。そして、その子のお父さんはお医者さんなんだ。納得。こうして「おにぎりの病院」の謎は解けた。もやもやが晴れたけど、なんだかちょっとだけ残念だ。世界から詩がひとつ消えてしまったような感覚。

「おにぎりの病院」のような謎のことを、私は「雨はコーラがのめない」型と呼んでいる。「雨はコーラがのめない」とは江國香織さんの本の題名だ。初めてそれを見たときも、はてなと思った。一体どういうことだろう。そう思って調べたところ、「雨」とは愛犬の名前らしいことが判明した。へえ、と思う。それで「コーラがのめない」との繋がりがわかった。そう云えば、人間にも晴美とか雷蔵とか、お天気関連の名前はあるもんなあ。

「雨」とか「おにぎり」とか、珍しいネーミングによって、世界には誤解や謎や詩が溢れる。そんな例をもうひとつ。

中学のときの友達に「ブス」というあだ名の持ち主がいた。夢枕獏の小説や狩撫麻礼原作の漫画で「毒島《ブスジマ》」という登場人物を見たことがあるけど、「ブス」の本名はイハラタカトシ君だから、「ブ」も「ス」も全く関係ない。見た目が「ブス」なわけでもない。色白でスリムでむしろ綺麗な顔立ちだった。そんな彼が何故「ブス」なのか誰も知らない。本人にきいてもわからない。それでも、あだ名というのはいったん定着してしまうと意外と動かせないものだ。

だが、これは危険極まりない代物だった。

「おいブス」

我々が何気なくそう呼び掛けるたびに、たまたま近くにいた女性たちが張り詰める。振り向く。睨む。辺りは殺気でギンギンだ。い、いや、これはちがうんです。「ブス」っていうのはこいつのあだ名で。だから、そういう意味じゃなくて。全然。あの。その。

本人も我々も幾度冷や汗をかいたことか。にも拘わらず、とうとう卒業まで「ブス」は「ブス」と呼ばれ続けた。あれは一体なんだったんだろう。修行?

その言葉を自分に向かって云うのは

その言葉を自分に向かって云うのはその人だけ、ということがある。今、私が具体的に思い浮かべている「その人」は母である。彼女の「その言葉」の中にはいろいろなものがあった筈だが、すぐに思い出せるのはいずれも軽い悪口というか、私に対する否定的な評言だ。

その1「おだって」

子供の頃によく云われた。家に親戚やお客さんなどがきて、普段よりもテンションのあがった私が彼らの前でおどけたりしたときに、この言葉が出る。
「まー、この子はおだって」
調子に乗って、というような意味だと思う。自分でもどうしようもない衝動によってハイテンションになっている、その瞬間に水を浴びせられるような感覚があった。今気づいたのだが、もしかすると「おだてる」の自動詞だったのかもしれない。「自分をおだてる」＝「おだる」、どうだろう。

その２「いいふりこき」

これはかなり大人になってからも云われた。

「あんたはほんとに、いいふりこきだから」

関西などでいう（？）ところの「ええかっこしい」のことだと思う。「いい」＝「ええ」、「ふり」＝「かっこ」、「こき」＝「しい」だ。この「こき」のニュアンスに厳しいものがあった。私には幼い頃から自分を実際よりもいいものに見せたいという欲望があった。それを感じ取った母による違和感の表明だったのだろう。教育的なニュアンスは薄く、反射的に口を衝いて出るといった風で、云われると痛みを覚えた。

その３「しんけいたかり」

細かいことを気に病む性質、つまり「神経質」のこと。

「あれー、しんけいたかりだね」
クラス替えがあるたびに緊張して熱を出すような私に向かって、しばしば発せられた。「いいふりこき」とはちがって、母はこの性質が彼女自身の中にあることを認めていた。というか、それが子供に伝わったことに落胆して、済まなく思ってもいたようだ。「しんけいたかり」の「たかり」の部分になんともいえない雰囲気があった。漢字にすると「集り」かもしれない。とすれば、動詞形は「集る」か。蠅が「集る」ように神経が「集る」。面白い表現だ。

その4「はりっはり」

食事の時に限定して用いられる。
「はりっはりと食べないねえ」
美味しそうに勢いよく食べないの意。ただ、「はりっはりと食べるねえ」と云われた記憶はないから、食べっぷりが気に入らないときに必ず否定語を伴って用いるらしい。そう考えるとマニアックな言葉だ。

七年前に母が亡くなって以来、これらの奇妙な悪口を聞くことはなくなった。一方で、彼女独自の褒め言葉の方が思い出せないのは不思議だが、口にするまでもなく肯定されていたということかもしれない。

何かの拍子に、妻や親しい友人に向かって「俺っていいふりこき？」とか「しんけいたかりかなあ？」などと尋ねてみることがある。相手はきょとんとして返事は返ってこない。

これらの言葉は母が若い頃に暮らしていた北海道の方言ではないかと思う。だが、どの地方のものなのか、本当にあるのかどうか、確かめたことはないのでわからない。

ありがとうござ

外国でお店に入るときは、その国の「こんにちは」に当たる言葉を云いながらドアを開ける。しかし、日本でお店に入るときは何故か無言である。「こんにちは」が口から出てこない。国内では態度が悪くなるというわけではなくて、お店に入る行為と「こんにちは」という言葉の間になんとなくズレを感じるのだ。その結果、曖昧に無言でぺこりと頭を下げたり、ということになる。

母国語だからそのズレに敏感になるというわけでもなさそうだ。多くの外国語の「こんにちは」と日本語の「こんにちは」とでは、汎用性に違いがあるんじゃないか。日本でお店のドアを開けるとき用の挨拶が欲しい。「見せてください」「すみません」「御免」「たのもう」「金ならあるんだ」……、いずれもズレている。

ニュアンスのズレといえば、結婚した相手のことを第三者に向かってなんと云うか、いつも迷う。「妻」「女房」「奥さん」「家内」「つれあい」「相方」「パートナー」「嫁」「配偶者」「家人」「ワイフ」……、選択肢はたくさんあるのに、ぴったりくるものがみつからない。

というのは逆に凄いことだと思う。どれを選んでも、私から見た彼女の像というか存在感との間にズレがあるのだ。仕方なく比較的ニュートラルだと思う「妻」を用いるのだが、違和感は消えない。一度だけ「家内」と云ったときは、しばらく気持ちが悪かった。

また、喫茶店などでウエイターに水を注いで貰ったときも、いつもちょっとだけ困る。ちょうどいいお礼の言葉がないのだ。「ありがとう」でいいはずなのに、実際に発声すると微妙に偉そうに響く気がする。でも、「サンキュー」は軽すぎる。「恐れ入ります」は重すぎる。「かたじけない」は侍すぎる。「すみません」と云ってしまうことも多いが、謝っているみたいで変だと思う。できれば避けたい。「ありがとう」がちょっと偉そうならと、「ありがとうございます」にすると、今度は丁寧な方に針が振れすぎる。難しい。感覚的には「ありがとうござ」くらいが丁度いいのだが、そんな日本語はない。

ところが、ふと気づくとこのところ少しずつ「ありがとう」が口から出やすくなっているようだ。その分「ありがとうございます」の使用頻度が減っている。どうやらウエイターと自分との間の年齢差が開いたことと関係があるらしい。親子以上になれば「ありがとう」でもいいだろう、と無意識に感じているのか。

自分の中の妻の像も時間とともに変化して、いずれは呼び方が定まるのだろうか。そういえば、知り合いの女性は自分の夫のことを「ダー」と呼んでいる。「ダーリン」の「ダー」である。それなら「ありがとうござ」もありなのか。

話し言葉としての標準語が、ズレを大きくしているようにも感じる。現場のニュアンスに対応する関節が硬いというか。なんというか、方言に較べて臨場感に乏しくなる。以前、原付バイクと自転車の接触事故現場に出くわしたことがある。その場で関西弁の罵倒合戦が始まった。物理的な場所は都内だけど、たまたま二人とも関西出身者だったらしい。互いに一歩も引かない罵り合い。標準語だったら流血レベルだが、彼らにはまだ余裕があって、その証拠に一人は手を後ろに組んだまま。どんどんヒートアップしてゆくテンポのあまりの良さに、なんて息が合ってるんだろう、と思ってしまった。喧嘩なのに。

べー

勘違いや云い間違いということは誰にでもある。先日、或る公開対談の席で、私は「AKB48」のことを「エーケーベー」と発音してしまった。客席は爆笑。対談の相手も「KGB（カーゲーベー）ですか」と苦笑している。私は「えへへ」と照れ笑いしながら、話を先に進めようとした。

ところが、周囲のざわめきがなかなか収まらない。「エーケーベー」「エーケーベー」「ひそひそ」「エーケーベー」「くすくす」「べー」などという声がいつまでもきこえている。「ビー」が「べー」になっただけで、そこまで可笑しいかなあ。

でも、可笑しいのだ。「AKB」を「エーケービー」と正しく発音したら、面白くも何ともない。単なる正解だ。それは世界に何の影響も与えない。でも、間違いは違う。正解の唯一性に対して間違いには無数のバリエーションがある。そして、その背後には無数の別世界が貼りついているのだ。「ビー」を「べー」と云っただけで、目の前の世界がぺろんと表情を変えてしまう。その意外性とスリルが客席に静かな興奮を与えたのだろう。というと、なんだかいいことのようだが、現実的評価における私は単に「噛んだ人」だ。

それにしても、と思った。もう大人になっていてよかった。もしも、自分が小学生でここが教室だったら、今日から私は「エーケーベー」というあだ名で呼ばれただろう。やがてそれは単なる「ベー」になる。卒業して中学に入っても、小学校からの友達のせいで「ベー」は続く。後輩には「ベーさん」だ。さらに高校、大学、会社、老人ホームに入った私は遂にはその由来を知らない者たちに囲まれて、永遠の「ベー」として生きることになる。「ＡＫＢ48」はとうに解散してメンバーはそれぞれの道を歩んでいるというのに。

現に、私は「トビシマ」の本名を思い出せない。彼は小学校の同級生である。社会科の授業のとき、先生に当てられて、致命的な答をしてしまったのだ。

先生「旧石器時代、縄文時代、弥生時代、古墳時代、その次は何時代ですか。えーと、なんとかくん？」

なんとか「トビシマ時代」

正解は「飛鳥時代」である。惜しい。いや、そうでもない。「トビトリ」ならまだわかるけど。「トビシマ」じゃ、正解まで二段階ある。一瞬の沈黙の後、教室は爆笑。彼はその日から「トビシマ」になり、そう呼ばれ続け、いつしか本名は忘れられ、殆どの同級生の中で今もそしてこれからも「トビシマ」のままだろう。

でも、「トビシマ」はまだいい。どこか苗字っぽい響きだし、しかもなんだか恰好いい。より可哀想なのは、「オッタラ」のケースだ。授業中、彼が黒板に記した文章の中にこんな箇所があったのだ。

終ったら

「終わったら」が一般的な送り仮名。焦っていたせいか、彼はそこから「わ」を抜かしてしまった。こちらは本当にちょっとしたミス。でも、それで運命が変わった。教室中が「オッタラ」「オッタラ」と叫び出して、あだ名が「オッタラ」になったのである。今、振り返っても小学校という世界の残酷と不条理を感じる。「トビシマ」は妙に恰好いいけど「オッタラ」は相当変。それぞれの犯した過ちと罰の大きさが釣り合っていないと思うのだ。

名前の教え方

先日、読者から本にサインを頼まれたときのこと。こんなやりとりになった。


「お名前は？」

「みかです」

「みかさん、えっと、どんな字ですか」

「びじゅつのびにちゅうかのかです」

「……」


脳の動きが一瞬止まる。「びじゅつのびにちゅうかのか」＝「美術の美」＋「中華の華」＝「美華」と変換するまでにしばらく時間がかかった。何となく、何かが、腑に落ちない。もやもやした気持ちのまま、「美華さま」と書きながら、なるほど、と不意に納得した。ちらっと相手の顔を見ると、微妙に強ばった表情である。

「その教え方、わかりますよ。『美しいに華やか』とか、自分では云いにくいですもんね」

そう云うと、ぱっと笑顔になった。シャイで感じのいい人だ。だからこそ、「美」と「華」が本来もっている意味を迂回して、なるべくニュートラルな熟語を探したのだろう。おそらくは長い試行錯誤の果てに行き着いた「美術」と「中華」なのだ。でも、と可笑しくなる。おかげで伝達効率がかなり悪くなったことは否めない。

ちなみに私の場合は次のように云っている。

「稲穂の穂にビレッジの村、ゆみへんにカタカナのムの弘です」

ところが、このところ「稲穂の穂」が通じにくくなってきた。これを聞き返されるときは「のぎへんに恵の穂」と云い換えても、やはりわかって貰えないことが多い。どうすればいいか考え中である。

また「ビレッジの村」が変だと云われたこともある。「じゃあ、どう云えばいいの？」と訊いたら「普通の村」という答。そうか、盲点だった。

そう考えてみると「稲穂の穂にビレッジの村、ゆみへんにカタカナのムの弘です」という教え方は百点満点で二十点くらいかもしれない。「稲穂」が熟語、「ビレッジ」が英語、「ゆみへん」が部首、カタカナのムが形、というわけで文字を特定するためのアプローチがばらばら過ぎるのだ。その点「美術の美に中華の華」は、二文字の熟語に統一されている。

「菅野美穂の穂に木村拓哉の村、藤岡弘、の弘です」

これならどうだろう。名前尽くしで統一感という点ではばっちりだ。ただ、説明する相手の年齢や嗜好に合わせて人名の部分を適宜入れ替える必要はありそうだ。その人がサッカーファンなら「澤穂希の穂」にするとか。お笑い好きなら「志村けんの村」にするとか。伝わりやすいだけでなく好感度も上がる。取引先の社長や恋人のお父さんが歴史マニアなら戦国武将で攻めたい。

「穂井田元清の穂に荒木村重の村、島津義弘の弘でござる」

名前の教え方・2

前回、「名前の教え方」について書いた。時間の経過と共に、自分の「名前の教え方」が、その人なりに定まってくるという話である。

例えば「美華」さんが自分の名前を説明するとき、「美しいに華やかです」とはちょっと云いにくく、「美術の美に中華の華です」のようになる、とか。

私の場合なら、「稲穂の穂にビレッジの村、ゆみへんにカタカナのムの弘です」と云っていたのが、「ビレッジの村」は変だという忠告を受けて「普通の村」にする、とか。

これに関して、ちょっと前にインターネット上でよく見かけた例が面白かった。こういう「名前の教え方」である。

「ただし、です。変換候補の中に、マイクの前に宇宙人が立ってるみたいな字があるので、それです」

「?」と思う。ところが、実際に「ただし」を変換してみて「!」となった。

侃

なるほど。確かに、「マイクの前に宇宙人が立ってるみたい」だ。これを普通に説明しようとすると、「にんべんに、口を書いて、えーと」となってしまいそうだ。

にんべんと云えば、歌人の「春日井建」氏は、しばしば「春日井健」と誤記されていた。そのせいもあるのだろう。生前、こんな風に自己紹介をしていた。

「人でなしの建です」

恰好よかった。伝説の歌集『未青年』をもって、三島由紀夫の激賞と共にデビューした人だからこそ様になるのだけれど。

人間が生まれたときに与えられる名前はずっとついて回る。読めない名前、性別を間違えられる名前、立派すぎる名前。いずれも本人が困ることになる。

だが、死後につけられる名前もあるのだ。先日、友人がこんなツイートをしていた。

実家帰省中。祖父の新盆。戒名に飢餓の字が入ってるのにおどろいた。戦地ニューギニアでは飢えて蛇を食べたと言う。

衝撃を受けた。戒名って、そういうものなのだろうか。まあ、「飢餓」以外に乗り越えたって意味の文字もあったのかもしれないけど。それにしても、あの世で自己紹介するとき、「飢えるに餓えるの『飢餓』です。いやあ、生前は戦地で蛇なんかも食べましてね」って云うのかなあ。

これを我々に当てはめて考えると、死んだ後で、飽食なんとか、って名前をつけられることになるのか。しかも、こっちは乗り越えてないし。飽食に溺れ続けた居士とか。嘘じゃないけど困るよ。

自分の伝え方

前回と前々回、「名前の教え方」について書いた。その原稿を送った後で、担当編集者のTさんからメールが来た。

「名前の教え方」も難しいですが、初めての方と待ち合わせる時に、自分をどのように伝えるか、というのも微妙なものがありますよね。私は「チビでメガネをかけた女性です」と伝えていますが……。

なるほど、と思った。だが、「チビでメガネをかけた女性」はいっぱいいる。もう一点、例えば髪型くらいは伝えた方が、いや、でも「チビ」な人は大体ショートカットか、などと勝手に考えが進んでゆく。参考にしたいので周囲の編集者さんがどうしているか教えて貰えませんか、と返信したところすぐに返事が来た。

前に先輩編集者（もう退職された方で当時五十代後半）が、初めて待ち合わせる方に電話で「わたくしは、メガネをかけておりまして、ちょっと禿げてます」と言っていて、編集部全員がびっくりしたことがあります。

おっ、と思う。いい話だ。自分の弱点を真っ直ぐに伝える編集者魂に感動する。でも、まだ続きがあった。

こういっては何ですが、「ちょっと」ではなくほぼ完璧に禿げていた方でしたので。日々全く気にしていない風でしたが、やはり本人は気にしていたんですねえ。しかし、待ち合わせの相手が見たら、絶対に別人と思うのでは？

感動を返して欲しい。そうですか。やはりいい話はそうそう転がってないもんだ。それから、真の「編集者魂」版を想像してみる。

「わたくしは、メガネをかけておりまして、ほぼ完璧に禿げてます」

凄い迫力だ。これで待ち合わせたら、その商談はまとまりそうじゃないか。

他にも「五十一歳小太りのおかっぱです」という女性がいました。「齢言うの!?」とみんな驚きました。

でも、やはりそこがポイントだろう。「五十一歳」「小太り」の捨て身感こそが独特の凄みを生んでいるのだ。ここまでの例からは、自分をさらけ出せば出すほど人間のオーラは増すらしいことがわかる。「弊社の名前の入った茶封筒をもっています」では相手の胸を打つことはできない。「「茶封筒」をもったら誰でも君になれるのか」と無意識に思わせてしまう。ならば、待ち合わせの重要度によって茶封筒、メガネ、身長、髪型、毛量、年齢、さらには体重、借金額のようにレベルを上げてゆき、ここ一番というときには余命を伝えたらどうだろう。

熱いアンケート

熱い時代というものがあった。昔の雑誌や本を見ていると、そのテンションの高さにしばしば驚かされる。例えば、昭和初期。本の冒頭にいきなり「本書一冊で、新時代のこと悉く分かります。斯の如く適切にして、又斯の如く確実なものは、断じてないといつて差支へありません」とか「先づ発行者は茲に責任を持つて、本書が若き処女や人妻の尊き貞操を完全に保護すべき最良の武器である事を断言したいと思ふ」などと書かれていて、時代そのもののハイテンションぶりを感じるのだ。

また、平熱の高い人がいるように基本の心が熱い人もいる。例えば、星飛雄馬。「巨人の星」の主人公である。野球に命を懸ける彼の両眼はいつもめらめらと燃えていた。

実在の人物では詩人のYさん。初めてお目にかかったとき、彼は別れ際に私の手を両手でぎゅっと握って「今日のことは一生忘れません！」と云った。え、そんなに、と思ってどきどきした。

だが、別の或る日、一緒に参加したイベントで、スタッフの人から何かを受け取りながら、Yさんが「ありがとうございます！　一生大事にします！」と云っているところを見た。その手の中には単三の乾電池が……。そうか、この人、基本が熱いんだ、と気がついた。

熱いのは時代や人だけではない。先日、京都のお好み焼き屋さんでこんなアンケートに出逢った。

〈お客様アンケート〉

お料理の美味しさはいかがでしたか？

ご評価　1．不満足　2．一部不満足　3．満足　4．感動

途中までは普通。でも最後の「4．」に、おっ、と思う。「感動」かあ。「満足」「不満足」の世界から一気に次元が跳んだなあ。

スタッフの笑顔・気配り度合いはいかがでしたか？

ご評価　1．不満足　2．一部不満足　3．満足　4．感動

お店の雰囲気・活気はいかがでしたか？
ご評価　1．不満足　2．一部不満足　3．満足　4．感動
お料理の提供時間はいかがでしたか？
ご評価　1．不満足　2．一部不満足　3．満足　4．感動
眺めているうちに、だんだん面白くなってくる。「うおー、感動感動感動感動」みたいに「4．」だけに○をつける人を想像する。Yさん？
一番下にこんな項目があった。
総合評価としてまた来たいと思っていただけましたか？
ご評価　1．二度と来ない　2．また来たい　3．必ず来る
アンケートは最後まで熱かった。でも、「1．」にも「3．」にも、ちょっと○つけにくいよなあ。
と、書きながら「俺はいま猛烈に感動している」という星飛雄馬の有名な台詞があったのを

思い出した。このアンケートを一緒にやりたいものだ。彼の両眼の炎は私にも飛び火するだろう。Ｙさんも呼んで、三人でめらめらと燃えながら「うおー、感動感動感動感動」、そして「必ず来る！」

昭和の逆襲

先日、近所の裏通りを歩いていたときのこと。美容院の前に出してある看板の文字が目に入った。

外国人風デザインカット……6300円

えっ、と思う。それから、いくつかの疑問がもやもやと心に浮かび上がった。

疑問1「外国人」とはなに人か？
疑問2「外国人」は全員おんなじ髪型なのか？
疑問3「外国人」のお客さんが来たらどうするのか？

いくら個性的な人の多い中央線の沿線とは云っても、この看板を見て「外国人風デザインカットで、お願いします」という勇者はいないんじゃないか。「前からしてみたかったんです」とか、ないだろう。

と云いつつ、実はお店の気持ちもわからなくはない。その理由は私が昭和の人間だからだ。あの頃は「舶来品」とか「洋行帰り」という言葉があった。「ふらんすへ行きたしと思へども／ふらんすはあまりに遠し」という詩があった。「行ってみたいなよその国」という童謡もあった。昔の日本人にとって外国はほとんど無条件で憧れの対象だったのだ。

「外国人風デザインカット」は、その流れを汲んでいる。外国イコール素敵という切ない思い込み。この店を流れる時間は今も昭和なのだ。ただ、それならそれを最後まで貫いて欲しかった。「6300円」の部分は明らかに現代である。

「外国人風」だけが昭和なわけではない。一見正反対に見える「和風」もまた昭和時代に活躍した言葉だ。

和風スパゲッティ

こんな食べ物を飲食店のメニューに見かけたものだ。スパゲッティと云えばナポリタンとミートソースしかなかった時代の後、スパゲッティがパスタという名前に変わる前、その間に当たる昭和後期の話である。

「外国人風」がどんなものだかわからないように、「和風」と云っても広すぎてはっきりしない。「和風スパゲッティ」なるものの実体は、当時からお店によってばらばらだった。曖昧な記憶によると、大根おろし、ツナ、シメジ、海苔、タラコ、イカ、納豆などが適当に組み合わせられていたような気がする。

今、メニューに「和風スパゲッティ」があるお店には、ちょっと危険な匂いを感じる。しかし、将来的にはわからない。現に絶滅したはずのスパゲッティ・ナポリタンが復活してブームになっているらしい。

そう書きながら、はっとする。もしかすると、あの「外国人風デザインカット」は、それだったのか。一周回った時代の最先端。仮にそうなら、順番的に考えて、次に来るのは昭和をさらに遡ったこれだろう。

おばさんパーマ……6300円

恰好いい。高感度な女性たちが手に手に憧れのサザエさんの切り抜きをもって、パーマ屋さんに押し寄せるのだ。

午後のくノ一

お天気の午後のこと。私は近所の公園のベンチに座っていた。子供たちが遊び回っている。その声を聞くともなく聞きながら、本を読んでいた。

a「あたしくノ一、忍法使えるよ」

ちらっと声の方を見ると、小学校一年生くらいの女の子だ。へえ、と思う。くノ一なんて言葉、知ってるんだ。忍者もののテレビ番組か漫画でも流行っているのだろうか。

b「あたしも」

c「あたしも」

二人の友達もくノ一になっちゃったよ。すると、最初の一人がまた云った。

a「じゃあ、あたしくノ一キャプテン」

え、と思う。くノ一の時代にキャプテンって言葉はないよ。そこは中忍とか小頭とかいうところだ。いつだったか、アニメ版の赤胴鈴之助を見ていたら、鈴之助のライバルである柳生道場の小天狗こと市太郎が、突然、「剣はスピード！」と叫んだのでびっくりしたことを思い出す。云わないだろう、江戸時代にスピード。

b「……」

c「……」

くノ一キャプテンという宣言の唐突さに、bとcは黙った。結果的にaの自己差別化は成功だ。

a「さあ、戦うわよ」

b「ええ」
c「ええ」
aの言葉に二人は追従した。すっかり下忍だ。そのとき、不意にaが叫んだ。
a「待って！　その前にひとつだけ約束して」
b「なあに？」
c「なあに？」
a「何があっても手は使わない」
ええっ、と思う。くノ一って、手、使わないんだっけ？　聞いたことないなあ。明らかにaは口からでまかせを云っている。しかし、もはやbとcは抗うことができない。魅入られたように頷いている。そんなの真に受けて本当に手を使わずに戦ったら、君たち死んでしまうぞ。手裏剣も打てないじゃないか。だが、その間に、aはひとりで手を使って逃げるだろう。白土三平の『サスケ』や『ワタリ』や『カムイ伝』を読み込んだ私は知っているのだ。

生きていく力の強さ

高円寺に着いたら土砂降りだったけどそんな中おっきい外国人男性が傘も差さずに「レイゾウコカイターイ」と言っていてその生きていく力の強さすごいなと思った。

友人女性のツイートより。その光景を思い浮かべて笑ってしまった。「レイゾウコ」って、君の方が冷えてるだろ、と突っ込みたくなる。と同時に、意味不明な感動も覚えた。「その生きていく力の強さすごいなと思った」という感想に頷かされる。

仮に、この発言が「カサカイターイ」なら普通。ないと濡れちゃうから。「オスシタベターイ」でも、とぼけてるけどまだあり得る。食欲は本能だから。だが、「レイゾウコカイターイ」ってなんなんだ。

「レイゾウコ」はでかい、重い、値段が高い、そして、十年くらい壊れない。ってことは、これから「外国人男性」は、日本で暮らしてゆくつもりなんだろう。それはいいとして、そんな人生設計に関わるモノをどうして今「カイターイ」のか。しかも高円寺で。それじゃ、「土砂降り」の立場がないよ。

そういえば昔、巨大なラジカセを肩に担いだ黒人男性とすれちがったことがある。音漏れどころではない。大音量で音楽を撒き散らしながら、けれど、本人はご機嫌で歩いていた。周囲の目が気にならないのか。いや、それ以前に重いだろう。などと考えつつ、反射的に負けたと思った。彼の中にはそれらのハードルを軽々と乗り越えさせるほどの思い、即ち「オンガクキキターイ」があったんだ。

「土砂降り」とか「周囲の目」といった状況を無視させるほどの思いを、私は何かに対して抱いたことがあるだろうか。

大物チラシがこちらをカマしてくるのは、基本的に人通りの多い時間帯、こちらが急いでいる時、新聞売りが大声を張り上げながら至近距離に立つというなかなか気合のいる状況下においてであった。

何かを手に入れたいと強く思う時、思いと反比例する状況が必ず立ち上がる、そんな日常のディテイルに何かしらの法則があるのではないか、逃げも隠れもしないチラシはそんな妄想をいつもこちらに突き付けてきた。

（略）こちらを睨みつけるミッシェルの眼光には「貴様、オレを連れ去れるのか、ン？ この東洋タワケが！」とばかりに姑息で軟弱な内側の東洋を射抜かれる思いがした。

とにかくミント状態で剝ぎ取るゾ！ いかなるダメージも許されないゾ！ と覚悟した。一刻も早くそれを手にとり、それが一体何なのか、一人部屋でじっくりと眺めてみたい衝動だけが募った。


「ミッシェルの行方」という文章からの引用。ロンドンの地下鉄駅付近に貼られた新聞の見出しチラシ兼指名手配告知（された男の名はミッシェル）を渇望している男の名は大竹伸朗。この「チラシハギトリタ－イ」にア－ティストとしての「生きていく力の強さ」を感じる。

ちなみに冒頭の友人は現在妊娠中で、秋にシングルマザーになる予定らしい。そう思って彼女のツイートを読むと、さらにもやもやと心に響くのだ。

間違いよりも変

町を歩いていたら、一軒のカフェの前に置かれた黒板にこんなことが書かれていた。

今日は、急遽、恩返しに行く為、
ランチを休ませて頂きます。
夜は営業予定です。
すみません。

店主

え、と思って、何度も読み直してしまった。ポイントはもちろん「恩返し」にある。今までにも、いろいろな店先でこういう文章を見たことはある。でも、理由の部分は大抵「都合により」とか「急病につき」とかだった。

「恩返し」とは不思議だ。しかも「急遽」。この言葉から私が連想したのは昔話である。その中では、鶴とか亀とか蛙とかお地蔵様が、さまざまな「恩返し」をしてくれるのだ。このカフェの「店主」もそういった人々（じゃないか）の仲間に思えてくる。誰にどんな恩を受けて、どんな風に返すのだろう。

以前、友達と一緒に歩いていたときのこと。辺りをきょろきょろしながら、彼が云った。

友「セコム、セコム、セコム、さすが金持ちの国だね」

確かに、どの家にもセコムのステッカーが貼られていた。ちなみに、そのとき我々が歩いていたのは成城である。

ほ「『国』は変だろう。金持ちの『町』だよ」

私はそう訂正しつつ、しかし、「国」の方がなんか感じが出てるよな、と思っていた。自分たちと成城の間にある透明な壁が、より生々しく表現されているというか。通り過ぎることはできても国民になるのは難しいのだ。

「恩返し」や「国」の例では、言葉のちょっとしたアヤというかブレというかズレが奇妙な味わいを生んでいる。もうひとつ思い出したのはこれだ。数年前に、旅先で偶然耳にした言葉である。

「さすがは日本三大京都のひとつ」

風景に感銘を受けたらしい旅行者のおじさんの発言だが、ぎょっとした。彼が、そして私が、そのとき立っていたのは紛れもなく京都だったからだ。「日本三大京都のひとつ」って間違いとは云えないが、間違いよりも変だろう。

そもそも「日本三大京都」ってどこのことだ。金沢、倉敷……、いや、「日本三大京都」という言葉そのものがおかしいのだ。それを云うなら本家の京都を除外して「日本三大小京都」、あれ、「大」「小」なんて、これもなんだかおかしいな。検索してみたら「城下町の金沢は小京都を脱退」などという記事が出てきてさらに混乱した。

名前の間違えられ方

以前、歌人の春日井建氏が、しばしば春日井「健」と誤記されるために、自己紹介の時に「人でなしの『建』です」と挨拶していた、という話を書いた。名前の間違えられ方には決まったパターンがある。間違える方は初めてでも、その名前の持ち主は何度も何度も同じ目にあって、その度に訂正することになるのだ。

漫画家の吉野朔実さんと名刺交換したときのこと。名前の最後の「実」だけが赤い文字になっていた。なるほど、と思う。「美」と書かれやすいんだろう。同様に、松任谷由「美」の誤記もよく見かける。どんなに広く名前を知られていてもこればかりは免れないのだ。

また歌人の枡野浩一さんには、こんな作品がある。

増野ではなく升野でも舛野でも桝野でもない枡野なんです

この短歌が公式サイトのプロフィール欄に掲げられているのだが、効果のほどはどうだろう。バリエーションを示されることで、逆に混乱して間違えそうな気もする。

同じく歌人の東《ひがし》直子さんは、誤記されることはないけど「あずま」さんと間違えられる、と云っていた。そうだろうな、と思う。漢字だけでは判断できないし、どちらかと云えば「あずま」さんの方が多いように感じるから。「ほむらさんのお友達のあずまなおこさんが……」「あ、ひがしさんです」という訂正を私も年に何回かはしている。

以前、自分についての批判的な評論を読んだとき、最初から最後まで「種村」と書かれていてくらくらした。そのときは二重に腹が立ったけど、知り合ってから三十年近くになる知人から「種村さん」と呼ばれたときはショックだった。アマゾンでも「た行の作者」に分類されていた。「種村」側の勢力がどんどん強くなると、いつか本当にそうなってしまいそうで不安だ。

私の本名は「辻」だが、手書きの郵便物でよくある間違いは「述」と書かれるケースである。気持ちはわかる。「述」の中には確かに「辻」の全てが含まれている。でも、イコールではない。「述」＞「辻」ってとこか。

「述」＞「辻」の関係は、ポピュラリティに関しても当てはまる。「述」はさまざまな文章中にかなりの頻度で登場する。月に一度もこの文字を目にしないってことはないだろう。一方、「辻」はどうか。単独で使われることは珍しく、熟語も少ない。せいぜい「辻斬り」「辻馬車」

「辻占」「辻説法」くらいだろうか。たまに目にすることはあっても、自分で書く機会は年に一度もないんじゃないか。「辻斬り」なんて言葉とは一生縁がない人も多いだろう。しょっちゅう書くという人がいたら時代小説作家か危険な人だ。

　そういうレベルの文字って、読むことはできても、実際に書くと違和感を覚えることがある。どうやら、この文字を書き慣れない人にとって「辻」はなんとなくさみしく感じられるらしい。思わず「述」としたくなる。そうしないまでも「辻」の右上に「、」を打っているケースがかなり見られる。惜しい。「十」に「辶」だけだと、すーすーして、何か足りないような気がして、つい「、」を打ちたくなるんだろう。わかるけど、そこを強い心で耐えて欲しい。「辻」からのお願いです。

大辻隆弘

大辻の「辻」は数字の十を書きその右肩に点はいらない

「あやせない」と「くどけない」

小さい子供の相手をするのが苦手だ。どの程度、べろべろばー的なモードになっていいのかわからない。いや、ちがうな。そもそも、あやすことができないのだ。子供を子供扱いすることに対する心理的な抵抗感がある。そういうのって頑なだろうか。素直に子供扱いすればいいのか。いや、やはり引っ掛かる。それが素直な振る舞いって誰が決めたんだ。ぐるぐるぐるぐる。

そんな私は、子供を相手にしても手加減のない大人をみると、ほっとする。

先日、或るお蕎麦屋さんに入ったときのこと。隣の席は両親と男の子という組み合わせの家族連れだった。男の子はテーブルに絵本らしきモノを広げていた。

男の子「これ、なーに?」

父親「仮面ライダー」

男の子「仮面ライダーなに？」
父親「……」
男の子「名前は？」
父親「ないよ」
男の子「えっ！」
父親「名前って、アマゾンとかそういうことでしょう？」
男の子「うん」
父親「ないよ」
男の子「えっ！」
父親「それは仮面ライダーの記念すべき第一号だからさ。それ以上の名前はないんだよ」

名無しの仮面ライダーがいるという事実に、男の子はびっくりしていた。でも、私は何だか嬉しかった。「記念すべき第一号」とか「それ以上の名前」って云い方に若いお父さんの本気を感じた。

手加減のない言葉といえば、こんなのもある。

間もなく約束通りの手紙が来た。私は、いつの間にか、それは恋文にちがいないと思い込んでいた。あの駅頭での笑顔から察して、どうしても恋文でなければならなかった。

「先日は失礼しました。今日の東京は北東の風、風速五メートル、天気晴れ、ロビンソン風力計が、春の空にせわしなくまわっています」

全文がこれだけである。どこを、どのように探しても、恋文らしい文字は全くなかった。

「わが夫新田次郎」（藤原てい）

お見合いの直後のエピソードである。新田次郎は中央気象台（今の気象庁）に勤務する技術者だった。それにしても、凄い手紙だ。子供相手の「あやせない」に対して、女性相手の「くどけない」に当たるだろうか。でも、ここまでいくと、ロボットみたいで素敵、と思う人もいるかもしれないいな。

間違った夢

サンマルクカフェという喫茶店チェーンがある。あの店の名前を私はずっと「チョコクロ」だと思っていた。サンマルクカフェのメイン商品が「チョコクロ」なのだ。おそらくチョコクロワッサンの略なのだろう。私はそれをお店の名前でもあると勘違いしていたわけだ。しばらくして誤りに気づいたのだが、事実を知った後も、いったん思い込んだ感覚が抜けきらない。そこで、わざと「チョコクロ行く？」などと云うことがあった。

ところが、或る日のこと。「「チョコクロ行く？」って、うちのお祖母ちゃんみたいだね。サンマルクカフェって長いから覚えられないの？」と友人に云われて、がくっと来た。

サンマルクカフェのことをわざと「チョコクロ」と呼ぶのが、ちょっと恰好いいような気がしていたのだが、どうしてそう思ったのか。私は間違った夢から覚めた。

でも、そういう勘違いってあると思う。随分前の話だが、ＦＭ横浜が「ハマラジ」と名乗り始めたことがあった。ヨコハマラジオの略か。しかし、恰好いいのかダサいのか、よくわからなくて混乱した。たぶん、ダサさをぎりぎりで擦り抜けた恰好よさを狙ったんだろう。でも、なんだか危うい気がした。狙いすぎじゃないか。案の定、いつの間にか元の名前に戻っていた。夢から覚めたのだ。ＦＭ横浜でさえ間違った夢を見るんだから。「チョコクロ」で同じ（？）失敗をした私は、そう思って自分を慰めた。

名前といえば、友達のことを一人だけ違ったあだ名で呼ぶ人がいる。その人だけが幼馴染みであるとか、何か理由があるならわかる。でも、そうじゃない場合、その人は間違った夢を見ている可能性が高い。自分一人だけが違ったあだ名で呼ぶことによって、相手との間に特別な関係が存在するような気分になってるんじゃないか。

小学生の時、テラサワユキオくんのことを、みんなは「テラ」と呼ぶのに、シナダくんだけが「ユキポン」と呼んでいた。子供心に怪訝な気持ちになった。特に「ポン」。

だが、中学生の時、私はクラス委員のサイレンジアキコさんのことを一人だけ「サイレンジ女史」と呼んでいた。この気持ち悪さ、「ユキポン」の比ではない。

しかも、私はクラスの女子にお礼を云うとき、こんな言葉を使っていた。

「さっきはサンキューな」

そう云いながら、シュッと片手を挙げる。今でも思い出して、ああっ、となることがある。「サンキューな」ってなんなんだ。しかも女子にだけ。恥ずかしい。せめて、片手シュッ、は止めて欲しかった。

「サンキューな」「サイレンジ女史」「チョコクロ」、その他にもいろいろあった気がする。覚めても覚めても、また夢を見てしまうのはなぜなのか。半世紀を生きた今も、まだ残り火は消えていないと思う。いつ、どこで、間違った夢が燃え上がるか、わからない。自分の本のタイトルとかで、やってしまいそうだ。

辿り着ける地図

　会食のお知らせメールにお店についての情報が添付されていることがある。飲食店のまとめ的なサイトであることが多い。ところが、そのボタンをクリックして出てくる地図が妙にわかりにくい。じっと見ても私にはぴんとこないのだ。個々のお店が独自でもっているサイトにシンプルな地図が載っていたら、そちらの方を印刷して持っていきたくなる。

　何がちがうんだろう。たぶん普通の地図は正確過ぎるのだ。お店への経路とは無関係な道も載っている。また、斜めの道は斜めに、カーブしている道はカーブして描かれている。地図が読める人にとってはその方がいいのかもしれない。でも、道は直角にしか交わらないと勝手に思い込んでいる方向音痴な私の脳は、そこから必要な情報を抽出できずに、逆に混乱してしまうのだ。

　それに対して、お店が独自でサイトに載せている地図は、提示される情報が駅からの道順に特化されている。そのため、細かい道が無視されていたり、斜めの道やカーブの道が真っ直ぐになっていたりする。でも、駅から極端に遠い場所でない限り、特に不都合はない。というか曲がる場所の目印さえ明確なら、方向音痴にとっては、その方が有り難いのだ。地図としての正確さや細かさと人間にとってのわかりやすさはイコールではない。

ところが、先日、知り合いの編集者と打ち合わせをしていたとき、こんな話をきいた。

「作家のSさんに弊社にお越しいただいたんですけど、メールに地図を添付してお送りしたら、すぐに電話がかかってきたんです」

「どうして?」

「「この地図じゃなくて、手書きの地図を送ってください。手書きじゃないと辿り着けない」っておっしゃるんです」

「へええ」

面白いなあ。Sさんは私のさらに上を行っているようだ。「手書きじゃないと辿り着けない」って、どういう感じなんだろう。なんか恰好いい。

「で、どうしたんですか」

「地図を見ながら私が手で書き直したものをお送りしました」

うーん、と思う。手で書き直した地図は、元の地図より不正確になっただろう。でも、前述のように正確さとわかりやすさはイコールではない。とはいえ、手書きの地図といってもいろいろあるだろうに、Sさんがそれなら辿り着けると信じているのはどうしてなのか。私の好きなシンプルな地図と同じ理屈で、手書きにすることで過剰な情報が抜け落ちて必要な道順が浮かび上がるのかなあ。

Sさんの元に、さまざまな人々による手書きの地図が集まってくるところを想像する。中にはとんでもないのもありそうだ。地図脳が破壊されているような人の異次元悪夢地図とか。でも、どんなにめちゃくちゃでも、正確で細かい地図よりは役に立つ。手書きだから辿り着けるのだ。

謎の言葉を発する人

西友のタコ焼き屋の前辺りだった。向こうから歩いてきた男性がすれちがいざまに不意に云った。

「仮面をあげよう」

はっきりとした声だった。だが、意味がわからない。「え、何?」と思っているうちに、その人は歩み去ってしまった。貰えばよかったか、仮面。でもなあ、何の仮面かもわからないのは不安だ。心の中で想像してみる。

「何の仮面ですか?」

「不老不死の仮面だ」

その仮面をつけた者は永遠に歳を取らない。その代わり二度と顔から外れないのだ。コンビニとか入りにくそうだ。いや、知らないけど。

その数日後、近所のパン屋でパンを買って、喫茶コーナーで食べようとしたときのこと。隣の席にいる二人連れの女性の片方が、熱心に喋っている声が耳に入ってきた。

「……あんまり突然で、裏切りって云っちゃ言葉がよくないけど、その罪は大きいよ。今回のことで傷ついた人がたくさんいて、ひとりひとり傷つき方もちがうし、アキハラさんは泣いてたしね、ヨダさんは寝込んじゃって……」

なんだろう。わからないけど、凄そうな話だ。複数を巻き込んだ不倫とかか。思わず聞き耳を立ててしまう。

「……いや、なかにはもちろん、諸手をあげて賛成してる人もいるかもよ。でも、今はまだね、あたし自身もみんなを励ましてあげられない……」

うーん、もやもやする。なんだか、わかりそうでわからない。そう思いながら、さらに意識を集中する。

「……そうやって会うことにきりきりして、空港で揉めて、もうそういう自分にはなりたくないないなと。いい年して……」

話がくるくる回って、なかなか核心に届かないのがもどかしい。二人組のもう一人が悪いのだ。「うんうん。そうねえ」しか云わない。こっちの人がもっと喋れば、二人の話を総合して全貌が見えるのに。

「……応援してることには変わりなくても、やっぱり悲しかったし、悔しかったし、好きなんだから、ショックだったよ。正直云えば許せないなと……」

それからさらに十分ほど聞いて、なんの話か、やっとわかった。とうとう、とうとう、わかった。韓流スターの結婚。

待遇の良い会社

先日、喫茶店で本を読んでいた時のこと。そのお店はテーブルとテーブルの間隔が近く、隣席の女性グループの声が耳に入ってきた。なかなか読書に集中できない。最初はいらいらしていたのだが、ふっと楽になった。本よりも彼女たちの会話の方が面白いことに気づいたのだ。

A「それでね、最初は九時五時だったの」
B「うんうん」
A「でも、家が遠いから十時出社でいいって、社長が云ってくれて」
C「ラッキーじゃん」
A「うん。で、そのうちに午後から来ればいいって」
BC「すごーい」
B「他の社員はどうなの？」

Ａ「社長とあたししかいないの」
Ｃ「え、二人だけなの？」
Ａ「うん。だから、あたしが出社した時、もう社長は来てるのよ」
社長より重役出勤なんだ、と口を挟みたくなる。でも、我慢した。よく考えると、そんなに面白くないし。
Ｂ「ちょっと変じゃない？」
Ｃ「うん、なんかねえ」
Ａ「で、そのうちにね、何時に来てもいい、好きな時間に出社して帰っていいって、云い出したの」
Ｂ「社長が？」
Ａ「うん。その代わり、君の写真を一枚くれって」
ＢＣ「こわーい」
「注文の多い料理店」みたいだね、と口を挟みたくなる。でも、我慢した。よく考えると、ちょっと違うし。

A「で、写真立てにあたしの写真を入れて机に置いて、仕事してるの」

C「え、あげたの写真」

A「だって……」

B「それは、もう完全にあれでしょう」

C「うんうん、あれだ」

B「社長、おじさんなの？」

A「おじさん」

C「やばいよ」

A「でも、お給料はちゃんと出るし、やっぱり楽だし、ついずるずるしてたのね」

B「うんうん、わかる」

A「そしたら、とうとう云われたの」

C「なんて？」

A「愛してる、って」

BC「ぎゃあ」

永田希

再読だけが創造的な読書術である

読書猿氏推薦！　本を繰り返し開くことは自分自身と向き合うことである。既知と未知のネットワークを創造的に発展させ、「自分ならではの時間」を生きる読書論。

81682-5　四六判（3月20日発売）１９８０円

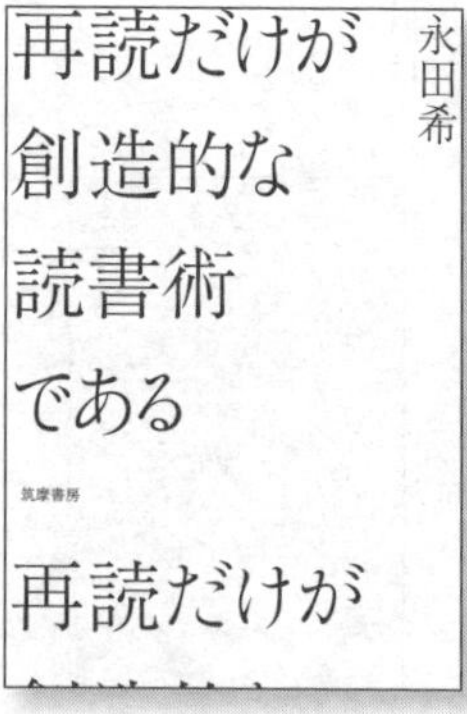

白象の会　近藤堯寛監修

空海名言法話全集　空海散歩〈全10巻〉

第10巻　大日の光

弘法大師御誕生千二百五十年に向けた記念全集最終巻。名言218句に込められた、最高の智慧をもちこの世のすべてを照らす大日如来の働きと、仏への道を解く。

71320-9　四六判（3月13日発売）２６４０円

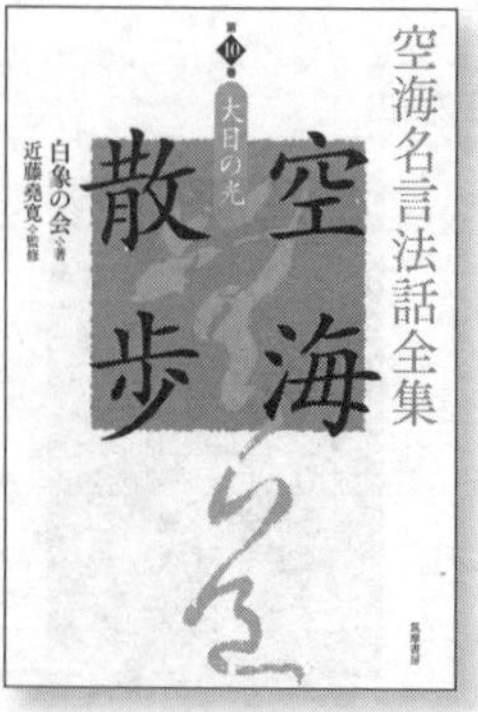

6桁の数字はISBNコードです。頭に978-4-480をつけてご利用下さい。

3月の新刊 ●13日発売 **ちくま文庫**

しかもフタが無い
ヨシタケシンスケ

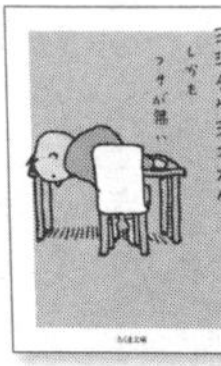

デビュー作を文庫化！

「絵本の種」となるアイデアスケッチがそのまま本に。くすっと笑えて、なぜかほっとするイラスト集です。ヨシタケさんの「頭の中」に読者をご招待！

43875-1
880円

できない相談
森絵都 ●piece of resistance

待望の文庫化！

誰かにとっては平気でも、イヤなものって、イヤなのだ。日常の中の小さな「NO」で人生は変わる？38篇＋書き下ろし2篇、極上の小説集！

43867-6
748円

忘却の整理学
外山滋比古

人は「忘れる」ことで情報を整理し頭の働きを活性化させ、創造的思考を生み出す。忘却の重要性を解いたベストセラー『思考の整理学』の続編。（**松本大介**）

43870-6
748円

疾走！日本尖端文學撰集
小山力也 編 ●新感覚派＋新興藝術派＋α

まるで詩で小説を書くような煌めく比喩で綴られる文章で昭和初期に注目を集めた〈新感覚派〉の作品群を小山力也の編集、解説で送るアンソロジー。

43865-2
968円

あの頃、忌野清志郎と
片岡たまき ●ボスと私の40年

元マネージャーである著者が清志郎との40年にわたるバカみたいに濃い日々を描く清志郎伝の決定版がボーナストラックを収録し文庫化。（**竹中直人**）

43868-3
968円

6桁の数字はISBNコードです。頭に978-4-480をつけてご利用下さい。
内容紹介の末尾のカッコ内は解説者です。

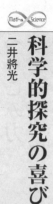

chikuma primer shinsho

★ちくまプリマー新書《さいしょのしんしょ》

★3月の新刊 ●9日発売

421 集団に流されず個人として生きるには

映画監督・作家 **森達也**

過剰に叩かれる宗教団体、危機を煽るメディア、ネットの炎上……集団は強い絆と同調圧力を生み、時に暴走する。そこで流されないためにはどうすればいいのか。

68448-6 924円

422 鬼と日本人の歴史

二松学舎大学教授 **小山聡子**

絵本などでいまでも親しまれている「鬼」。古代では畏怖の対象だったが、次第に都合が悪いものを表す存在となった。その歴史から日本人の心の有様を読みとく。

68447-9 902円

好評の既刊 ＊印は2月の新刊

- **ウンコの教室**——環境と社会の未来を考える　湯澤規子　文理、歴史の壁を越えたウンコ探究の旅へ！　68434-9 924円
- **歴史学のトリセツ**——歴史の見方が変わるとき　小田中直樹　歴史のどこが面白いのかがこれでわかる！　68436-3 858円
- **大都市はどうやってできるのか**　山本和博　はじめての都市経済学入門　68435-6 946円
- **SDGsは地理で学べ**　宇野仙　地球的課題の解決のためにできることとは　68437-0 880円
- **君は君の人生の主役になれ**　鳥羽和久　皆とは違う自分独特の生き方を見つけよう！　68438-7 968円
- **「気の持ちよう」の脳科学**　毛内拡　あいまいな「心」のはたらきを捉えなおす　68440-0 880円
- **宗教を「信じる」とはどういうことか**　石川明人　「信じる」と「疑う」は本当に相容れない？　68439-4 968円
- **君たちが生き延びるために**——高校生との22の対話　天童荒太　小説家から若い人へ渾身のメッセージ　68443-1 924円
- **「覚える」と「わかる」**——知の仕組みとその可能性　信原幸弘　人間の知能の基本からその可能性までを探る　68441-7 880円
- **「心のクセ」に気づくには**——社会心理学から考える　村山綾　型にはまりやすい私たちの心の謎を探る　68442-4 924円
- **小さなまちの奇跡の図書館**　猪谷千香　九州南端の小さな図書館の大奮闘の物語　68444-8 880円
- ＊**宇宙最強物質決定戦**　高水裕一　前代未聞、空前絶後の宇宙論入門書　68445-5 858円

6桁の数字はISBNコードです。頭に978-4-480をつけてご利用下さい。

3月の新刊 ●9日発売 ちくま新書

1712
東北史講義【古代・中世篇】
東北大学日本史研究室 編

辺境の地として倭人の大国に侵食された古代。豊かな天然資源が交易を支え、活発な交流が多様で独自性に富んだ地域を形成した中世。東北の成り立ちを読み解く。

07521-5
968円

1713
東北史講義【近世・近現代篇】
東北大学日本史研究室 編

米穀供給地として食を支え、近代以降は学都・軍都として人材も輩出、戦後は重工業化が企図された。度重なる災害も念頭に、中央と東北の構造を立体的に描き出す。

07522-2
968円

1714
職場のメンタルヘルス・マネジメント
▼産業医が教える考え方と実践
川村孝（京都大学名誉教授）

社員が会社に来なくなった……。悩ましい事例にどう対応したらよいか。実務から考え方まで、管理職や人事担当者が押さえておくべきポイントをわかりやすく解説。

07542-0
924円

1715
脱炭素産業革命
郭四志（帝京大学教授）

今や世界的な潮流となっているカーボンニュートラルへの動きは、新しい生産・生活様式をもたらす新段階の産業革命である。各国の最新動向を徹底調査し分析する。

07543-7
1265円

1716
よみがえる田園都市国家
▼大平正芳、E・ハワード、柳田国男の構想
佐藤光（大阪市立大学名誉教授）

近代都市計画の祖・ハワードが提唱した田園都市は、柳田国男、大平正芳の田園都市国家構想へとどのように受け継がれてきたか。その知られざる系譜に光を当てる。

07545-1
1012円

1717
マイノリティ・マーケティング
▼少数者が社会を変える
伊藤芳浩（NPO法人インフォメーションギャップバスター代表）

マーケティングは、マイノリティが社会を変える武器になる。東京オリパラ開閉会式放送への手話通訳導入などに尽力したNPO法人代表が教えるとっておきの方法。

07540-6
990円

6桁の数字はISBNコードです。頭に978-4-480をつけてご利用下さい。

B「でで、どうしたの？」
A「やめたの、会社」
BC「あー」

あー。

店名の謎

お洒落すぎて覚えられない店名というものがある。レストランだったり、ケーキ屋だったり、洋服屋だったり、美容院だったり、お店の種類はいろいろだ。

近所のお菓子屋もその一つで、外国語の長い名前が覚えられない。野菜のケーキなどを扱っているそこのことを、家では勝手に「よい週末」と呼んでいる。買い物をして店を出る時、「よい週末をお過ごし下さい」と丁寧に挨拶してくれるからだ。

「よい週末でなんか買っていこう」「うん。あ、だめだ。今日はよい週末は定休日だよ」という感じである。週末じゃない時はなんと挨拶されていたのか、書きながら疑問に思ったけど、どうも思い出せない。「よい平日を」は変だから「よい水曜日を」とかかなあ。

ともあれ、いったんその呼び名に馴染んでしまうと、もう本名（?）を覚える気力が失われる。「よい週末」でも特に支障はない。強いて云えば、そのお店を誰かに教えようとする時に困るくらいだ。

でも、お客である我々はともかく、お店の側からすると店名というのは、とても大きな要素なんじゃないか。昨今はどんなものでもインターネット上の検索を意識してネーミングされるという。名前が覚えられないっていうのは、それ以前の問題だからまずいだろう。

それとも、自分のお店を開こうとする人は、そんなリスクを冒してでも、思い入れのある名前をつけたいものなのか。たぶん、そうなんだろう。店名じゃないけど、私も昔『手紙魔まみ、夏の引越し（ウサギ連れ）』という書名をつけたことがある。長すぎる、覚えにくい、なんの本かわからない、流通上不便、ということはわかっていたのだけれど。

家の近くに中華料理屋があった。いつ見てもあんまり人が入っていなくて、大丈夫かなあ、と思っていた。やはり名前は思い出せないんだけど、「なんとか飯店」みたいなよくある感じだった。お洒落すぎてではなく、普通すぎて覚えられないパターンだ。

ところが、或る日のこと。久しぶりにそのお店の前を通ったら、外装が変わっていた。おっ、と思う。やっぱり潰れたのか。でも、今度も中華料理屋らしい。改装しただけだろうか。などと考えながら、近づいて店の看板を見た。そこには大きくこう記されていた。

「チャーハン」

びくっとする。これ、店名？　チャーハン専門店なのだろうか。でも、メニューをよく見ると、普通に酢豚とか八宝菜とかエビチリとか餃子とかも揃っている。前と変わらない感じだ。もしや、店名だけ変えたのか。それにしても「チャーハン」とは大胆すぎないか。他の料理たちの立場がないじゃないか。

ところが、である。それからはいつ見てもお客が入っているようなのだ。うーん、と考えてしまった。ということは、この店名は正解だったのか。「チャーハン」の一点に全てを賭けた潔さに、言霊の神様が微笑んだのかなあ。全てを賭けて「酢豚」だったらどうなっていたのか。

おませ

駅前の商店街を歩いていた時のこと。

すぐ横にいた小学生の集団から弾けるような笑い声が挙がって、次の瞬間、全員がいきなりだだだっと駆け出した。

さすが小学生、ちょっとしたことですぐに走るなあ。私は命が懸からないと走らないよ。と感心して見ていたら、例外がいた。ひょろっとした子供が、一人だけ取り残されて歩いていたのだ。彼は仲間たちの後ろ姿に向かって、こう云った。

「走るイコール疲れるですよ」

可笑しかった。年に似合わぬ老けた発言である。その内容以上に、云い回しがおじさんっぽい。これが「走ると疲れるよ」なら、別に面白くないのだ。

「走るイコール疲れるですよ」は、例えば今の私にはぴったりの台詞だけど、ランドセルを背負った人間には似合わなすぎて忘れがたい。

そう云えば、と以前電車の中でみかけた幼児のことを思い出した。その子供は母親に向かって、こう云った。

「どうせ僕はプライドのない男さ」

前世の記憶かと思った。「プライド」って意味わかってるのか。君にはおしゃぶりとかおむつの方が近しいだろうに。

しばらくしてから、今度は母親の声がきこえた。

「てのひらなめるのやめなさい」

現世の人格に戻ったらしい。「プライド」と「てのひらなめる」の落差が凄すぎる。

おませな発言や背伸びした云い回しというものは、どんな年齢になってもあり得ると思う。五十歳を超えた私にも、憧れの云い回しがある。

その言葉を、実際に一度だけ人から云われた。それは十数年前、或るシンポジウムのパネリストを依頼されていたのに、日にちを間違えてすっぽかしてしまった時のこと。後日、その過ちに気づいて真っ青になった私が平謝りに謝ると、シンポジウムを企画した人が静かに云ったのだ。

「御放念ください」

大人っぽい、と感動した。「御放念ください」って、こういう時に使うのか。それ以来、いつかは自分も使ってみたいと思って、心の中に隠し持っているんだけど、なかなかチャンスに巡り合わない。念を放つなんて、仏教みたいで、「少年ジャンプ」の漫画みたいで、恰好いいよなあ。

ヒヤリング

北海道に旅行中の妻から、こんなメールが来た。

温泉でおばあさんに話しかけられたけど、一言しか聞き取れなかった。納豆。わたしに何を言いたかったのかなあ。

うーん、と思う。「納豆」だけじゃ、あまりにも情報が少なすぎて、何を言いたかったのかの予測も難しい。

これが海外旅行なら相手の言葉がまったくわからないことは珍しくない。また、過去に向かって時代をどんどん遡っていったら、どれくらいから話が通じなくなるんだろう、と想像してみることもある。

でも、現代の国内旅行でも相手の言葉が一言しか聞き取れないってことがあるんだなあ。そこまでわからないとなると、その一言すら怪しく思えてくる。本当に「納豆」だったのか。


「納豆はおいしいね」

「納豆は体にいいんだよ」

「納豆はねばねばが命」

「納豆もってない？」


温泉で初めて会った相手に、そんなこと云うかなあ。どれも話題として相応しくないように思える。

聞き取れなかったからこそ、内容が気になってしまうのだ。「納豆」の謎を解き明かしたい。ダイイングメッセージを残された探偵の気分だ。おばあさん、死んでないけど。

そういえば、と思い出したことがある。いつだったか、家にいたら不意に窓の外からスピーカーの声がきこえてきた。

「こちらは」

途切れてしまった。しばらく続きを待っていたけど、それっきりだった。「こちらは」、なんだったんだろう。気になる。云いかけてやめるな、って言葉がある。ましてや、スピーカーで云いかけてやめるな、だ。

先日、電車の中で二人の女子高生が話をしていた。


「走ってる？」

「走ってる走ってる毎朝」

「偉いね」

「公園まで走って帰りは歩くの」

「へえ」

「公園に着いたら自販機で飲み物買ってトイレ行くの」

「何買うの？」

「ポカリ」

「へえ」

「入るトイレも決まってるよ」

「どのトイレ？」

「いちばん赤ん坊がいないトイレ」

わからない。いや、途中までは聞き取れていた。でも、最後で急にわからなくなった。公園のトイレに「赤ん坊」？　おかしい。こわい。何かが違う。たぶん、私の耳が間違ったのだ。数日後、散歩をしていたら閃いた。そうか。あれはあれだ。「ガガンボ」。公園のトイレは「ガガンボ」だらけなんだなあ。

昭和？

電車の中で、二人のサラリーマンが話をしていた。

A「もうへろへろでさあ」
B「うんうん」
A「家に着いたらバタンキューよ」
B「あはは」
A「へへへ」

二人は楽しげに笑い合った。ところが、次の瞬間、一人が急に声をひそめて云ったのだ。

A「バタンキューって昭和？」

B「……だな」

A「うーん、そうかあ」

彼の気持ちはわかる。私も何かを云った後で、今のは昭和だったかなあ、とよく不安になるのだ。

先日、井の頭公園を歩いていた時のこと。高校生のグループに声をかけられた。

高「すみませーん」

ほ「はい？」

高「写真、お願いできますか？」

ほ「あ、はい」

そして、スマートホンを渡された。思い思いのポーズを取る彼らに向かって、私は云った。

ほ「いくよー。はい、チーズ」

その瞬間、ひやっとするものが心を走った。もしかして「はい、チーズ」って昭和？　でも高校生たちは別に何も云わなかった。

高「ありがとうございましたー」

私はまだびくびくしていた。別れた後、こちらの姿が見えなくなったところで、彼らがどっと笑い転げるイメージに襲われる。

高「今の何？」
高「あれ何？」
高「チーズ？」
高「なんでチーズ？」

ううううう。それから、そんなことにびびっている自分に怒りが湧いた。「はい、チーズ」の何が悪いんだ。俺たちの時はみんなそう云ったんだよ。写真と云えば「はい、チーズ」、受けを狙って「はい、バター」。君らが生まれるずーっと前から、そう決まってるんだ。ほら、云ってみよ。「はい、チーズ」「はい、チーズ」「はい、チーズ」、声が小さい！
ところが、である。その数日後、新宿で若者たちが写真を撮るシーンに遭遇した。
若「はい、チーズ」
あれ？　いいの？　いいのかあ。

ヌーン

電車に乗った時のこと。同じ車輛に中学生くらいの女子が数名いて、楽しそうに喋っていた。その中の一人が云った。

「じゃあ、今からお父さんの鬘《かつら》、見にくる？」

変な気持ちになる。「鬘」ってそういうものだっけ？　私が知らないだけで、今の女子中学生は友だち同士でお父さんの「鬘」を見せ合っているのだろうか。それが友情の証とか。でも、「鬘」だけを見せるって難しいんじゃないか。やっぱり「お父さん」ごと見せるのかなあ。しかし、「鬘」がメインで「お父さん」はその「台」って可哀想じゃないか。

よく理解できない言葉を耳にすると、心が揺らぐ。自分が知らなかっただけで、世界の現状はそうなっているのかな、と思ってしまうのだ。

先日もこういうことがあった。近所の喫茶店に行ったら、お店の前の看板に記された「モーニング」の文字を見ながら、カップルが立ち話をしていたのだ。

女「モーニングやってるんだ」
男「うん」
女「トーストにゆで卵……、サラダは無しか。どう？」
男「いいね」
女「入る？」
男「今日はやめとこうかな」

去り際に、女性が云った。

女「でもさ、モーニングはよくあるけど、ヌーンってないね」

一瞬、そうだなあ、と思いかけて、はっと気づく。違うだろう。でも、彼らの後ろ姿に向かって「ランチだよ！」とは叫ばなかった。代わりに、一人でぶつぶつ云う。「ヌーン」ってなんなんだ。危うく騙されるところだったよ。彼氏も彼氏だ。どうして恋人の誤りを指摘しないのか。

私は自分というものに自信がないせいか、相手の方が間違っていたり、おかしかったりしても、すぐに釣られそうになる。それとも、心の奥で「ヌーン」のある世界に憧れているからそうなるのか。一度も行ったことのない町に、ひっそりと「ヌーン」をやっている店があるかもしれない。店主もウェイトレスも客も、ランチを知らないのだ。

或る朝、パソコンを立ち上げたら、こんなメールが届いていた。

ユーのエロ仲間が「今泉レミ」の動画を検索中！

「エロ仲間」がいたのか、と思う。「ユー」ってミーのことか。ちょっと嬉しい。でも、削除。

衝撃の記憶

或る日、妻が云った。

妻「にんじんはお母さんに自分のおねしょを飲まされたよね」

「？」と思って聞き返そうとした瞬間、自分の中に眠っていた記憶がもやもやと甦ってきた。

そうだ、おねしょ、飲まされてた！

「にんじん」とはルナールの小説の主人公のあだ名、そして作品のタイトルでもある。母親からさまざまないじめを受けるのだが、その中にそういうエピソードがあったのだ。

ほ「あったあった」

妻「「にんじん、おまえはスープを飲んだね。その中にはおまえのおねしょが入ってたんだよ」ってお母さんが云っててこわかった」
ほ「なんでそんなにいじめられるんだっけ？」
妻「わかんないけど、特に理由はなかったようかな。「あいつはそういう性格なんだ」ってお父さんがお母さんのことを云ってなかった？」

お互いに何十年も前に読んだ本なのでほとんど思い出せない。ただこのエピソードについては「なんでそんなに？」という疑問に加えて、「どうやって？」とも思う。おねしょをスープに入れるって技術的に難しいんじゃないか。

妻「パンツを絞ったんじゃない？」

うーん、そうかなあ。絞れるほど濡れないんじゃないか。
何かの拍子に、本の中の驚くような一節が甦ることがある。でも、それがあまりにも奇妙だと、自分の記憶が信じられなくなる。勝手に捏造もしくは変形してしまったんじゃないか、と。

「寒い夜にはキュリー夫人は椅子を着て寝ました」

子供の頃に読んだ伝記『キュリー夫人』の中に、そんなことが書かれていたような気がしてならない。でも、「椅子」を着るって、どういうことなんだろう。いろいろ謎すぎる。

と思ってたんだけど、同じ記憶を持つ人が複数いることが判明した。やっぱりみんな気になってたんだなあ。読者の記憶には、「キュリー夫人」の業績や人柄よりも、奇妙な細部のインパクトが残ってしまうのだ。

こんなのも覚えている。

「忍者は一日に四十里を走ります。足の甲で走るのです」

小学生の時に買ってもらった『忍法入門』だったか『これが忍者だ！』だったかにあった言葉である。「四十里」よりも「足の甲で走る」が衝撃だった。どうやるんだろう。ものすごく滑る、っていうか立てない。でも、本にはそうやって走ってる忍者の絵がちゃんと載っていた。途轍もない前傾姿勢だった。

ざっくりショック

私は私自身のことをいつもとても細かく意識している。その結果、微妙で複雑な存在として捉えることになる。

だが、他人の目に映っている私はそうではない。他人は他人のことに深い関心を持たない。

だから、その口を通して語られる姿もざっくりしたものだ。

試みに、今までに私が他人から「似ている」と云われたものを挙げてみよう。

・とんぼ

・哺乳類

・高齢女性

なんという、ざっくり感だろう。どれを云われた時も、かなりのショックを受けた。

私「とんぼ……、虫じゃん」

これは高校生の時で、仲間内の一人一人が芸能人でいうと誰に似ているか、という話の流れだった。いろいろな有名人の名前が挙がって、場が盛り上がっていた。それなのに私のところに来て急に「とんぼ」。眼鏡をかけていて髪型が「とんぼ」っぽいからというだけの理由で、人間を昆虫に譬えていいものだろうか。

私「哺乳類……、似てるって……、実際そうだし」

魚顔の人や爬虫類っぽい人はたしかにいる、と思う。でも、「哺乳類」では意味がないんじゃないか。

私「高齢女性……!?」

さすがに直接こう云われたわけではない。自分の名前を検索したら、そういう感想が出てきたのだ。衝撃で混乱した。「高齢女性」に似てるってなんなんだ。ざっくり過ぎる。せめて何歳くらいのどんな女性に似てるのか云ってくれ。

滅茶苦茶だと思いつつ、ただ、三つの感想が何の悪意もない心からの言葉であることは疑えない。そこに怖ろしい力が宿る。どれ一つをとっても、私の本質を突いている部分があることは認めざるを得ない。

自分のことを大事に考えるあまり丁寧に描き過ぎてブレブレになった自画像よりも、他人がちらっと見て一筆で描いた似顔絵の方が、真実を語っているということか。それにしても、と思う。ざっくり、もうちょっといいものに似ていると云われたい。

父の口癖

父の口癖について書いてみたい。そのほとんどは食事の時に出る。

その1　おかずに焼き鮭が出た時の口癖

「これな、皮のところがいちばんうまいんだぞ。昔、鮭の皮が大好きなお殿様がいてな、でも、皮ってぺらぺらだろう。だから、『鮭の皮の分厚いのを見つけて来た者に褒美をとらす』って云ってな、家来たちに探させたんだ。みんな必死に探したけど、でも、誰も見つけられなかったんだ。あー、うまい」

これは定番中の定番で、百回以上聞いたと思う。鮭を見ると、ボタンを押されたかのように、こう云わずにはいられないらしいのだ。だが、改めて考えてみると、奇妙な話である。「鮭の皮の分厚いの」ってどういうことなんだろう。鯨くらいある巨大な鮭の皮ってことか。それとも皮だけの鮭（想像できない）だろうか。

たぶん、父が本当に云いたかったのは、最後の「あー、うまい」なのだろう。好物の鮭の皮を食べる時、必ず語られるお殿様の話とは、その気分を最大限に盛りあげるための助走めいた儀式だったんじゃないか。

と、なんとなく過去形で書いてしまったが、父はまだ健在なので、今度確認してみたい。

その2　おかずにジャガイモが出た時の口癖

「ドイツではな、ジャガイモが主食なんだぞ」

父はドイツに二年ほど留学していたことがある。その時代を懐かしむ口調だった。子供だった私は驚き、そして感心した。ドイツの人はごはんの代わりにジャガイモを食べるのか。

だが、小学校の高学年くらいから、私の中に次のような疑問が生じた。

「主食はパンでは？」

でも、なんとなくその質問をできないまま、今日まできてしまった。

その3　おかずに大根が出た時の口癖

「タカジアスターゼ、タカジアスターゼ」

反射的にこう唱えるのである。大根に含まれている成分の名前らしい。ならば、人参を見たら「カロテン、カロテン」とか云ってもよさそうなものだけど、それはないのだ。父が大根だけに反応するのはどうしてなのか。「タカジアスターゼ」とは、或る世代にとって特別な思い入れのある酵素（？）なのだろうか。

オーラ

凄い人の話をきいた。
その人はレストランで一人で食事をしている時、お店の人にしばしばこう尋ねられるのだという。

「あの、料理評論家の方ですよね」

実際には、全くちがう職業である。有名な料理評論家にそっくりとかいうわけでもない。ということは、全身から放つオーラが強烈に料理評論家っぽいのだろう。いったいどんなだ。想像できない。

プロレスラーとか力士とか、外見に特徴のある職業に間違えられるならまだわかる。そこまでいかなくても、なんとなく学者っぽいとか、芸術家っぽいくらいなら、確かにそういうムードの人はいるなあ、と思える。でも、ピンポイントで料理評論家って、外から見てわかるものだろうか。

そういえば、職業ではないが、私も何度か言われたことがある。タクシーに乗って行き先を告げた瞬間に、運転手さんが不安そうに話しかけてくるのだ。

「具合が悪いんですか？」

びっくりする。まったくそんなことはないからだ。

「いいえ、別に」

そう答えるしかない。

すると、こうくる。

「窓、開けましょうか」

だから、大丈夫って云ってるじゃないですか。

さらに、こう云う人もいる。

「気持ち悪かったら、いつでも云ってくださいね。すぐ停めますから」

自分が不安になる。私からは、そんなに気持ち悪そうなオーラが出ているのだろうか。

もうひとつよくあるパターンは写真撮影の時のもの。まだかなあ、もうだいぶ撮ったよなあ。そろそろ笑顔をつくるのに疲れちゃったよ。そう思っていると、写真家さんから声がかかる。

「あの、もう最後ですから、ちょっとだけ笑ってください。ちょっとでいいんで、すみません」

ショックである。私の笑顔は普通の人の無表情であることを思い知らされる。ということは、私の無表情は普通の人のこわい顔なんだろうなあ。あ、だから、タクシーの運転手さんに心配されるのか。

精密妻

妻とこんな会話をした。

ほ「昔、丸いオレンジのガムがあったでしょう」
妻「小さい箱に四つ入ってるの？」
ほ「うん、フーセンガム」
妻「あったあった。子供の頃、好きだった」
ほ「あれ、今もあるのかなあ」
妻「どうだろう」
ほ「もう一回、食べたいなあ」
妻「外側がカリッとしてるよね。あそこが好きだったの。全部あれでいいと思ってた」

そうだ。確かにガムの皮の部分だけカリッとしてた。よく覚えてるなあ。云われたから思い出したけど、すっかり忘れてたよ。しかも、「全部あれでいいと思ってた」とは。

そういえば、最近は「メロンパンの皮」なる商品があるらしい。それを考えた人も、たぶん、似たような発想だったんだろう。カリッとしたところがおいしいから全部皮でいいんじゃないか、と。

しかし、メロンパンの皮に比べてオレンジガムの皮はマイナーだ。商品化以前に意識化できないほどに。まっ先にそこに言及する妻の感覚は鋭いと思った。

その精密なセンサーに、自分がどんな風に映っているか知りたくて、ときどき尋ねてみることがある。

例えば、沖縄の海辺の宿でハンモックに寝ころびながら。

ほ「どう？」

妻「ハンモックに乗る人の顔じゃない顔で乗ってる」

ああ、と思う。わかる。わかるよ。月曜日の事務系会社員みたいな顔だよね。沖縄にも海辺にもハンモックにもまったく似合わない顔。ぜんぜん嬉しい感想じゃない。でも、どうしようもなく真実だ。

過去形で尋ねることもある。

ほ「沖縄で、僕どうだった？」

そんなざっくりすぎる質問に、普通は答えられない。だが、妻は即答する。

妻「昼寝してた。夕日がきれいだよって云っても、ぜんぜん起きなかったけど、ゲジゲジの上にゲジゲジが乗ってるよって云ったら、起きてきた。眼鏡して見てた」

じーん。まさに沖縄。まさに私だ。

混乱書店

先日、本屋で待ち合わせをした時のこと。

約束の時間よりだいぶ早く着いてしまったので、店内を見て回ることにした。待ち合わせの場所を本屋にしてよかった、と思う。普段見ないような棚まで、ゆっくり眺めることができる。

と、こんな書名が目に飛び込んできた。


『「カロリーゼロ」はかえって太る！』


びくっとする。え、そうなの？　カロリーがゼロだからと思って、ノンアルコールビールをよく飲んでたのに。『カロリーゼロはかえって太る』なんて、一般的な認識の真逆じゃないか。

思わず、手を伸ばそうとした時、その近くにこんな本が。

『歯は磨かないでください』

え、どういうこと？　磨くと駄目なの？　またしても常識の逆を云われて混乱する。どっちから読もう。

でも、待てよ、と思う。こういう主張をどこまで真に受けていいんだろう。だって、もしもこれらが次のような書名だったらどうか。

『「ハイカロリー」はやっぱり太る！』
『歯は磨いてください』

絶対、売れないと思う。だって、当たり前過ぎる。人目を引いて、びっくりさせて、本を手に取らせるためには、世間の一般的な認識を裏切らなくてはならないのだ。常識外れであればあるほど、その力は強まる。

例えば、こんな感じだ。

『おでこを嘗めれば若返る』

以前『踵を噛めば痩せられる』という本だったか記事だったかが本当にあったのだ。その真似である。ただ、これでは単なる嘘になってしまう。「おでこを嘗めれば若返る」、ただし、自分の舌でなくてはならない、などの逃げ道が必要か。

嘘にならないように、しかし、できるだけ常識を裏切る。これがポイントなのだ。そう考えて辺りを見回すと、そういうタイプの本がたくさんある。どれから手に取っていいか迷うほどだ。

その中に、異質な書名をみつけた。

『死ぬな』

うーん。これは常識の逆ではない。むしろ常識そのもの。でも、あまりにも当たり前すぎて、断言されると迫力がある。ちなみに、逆はどうだろう。

『死ね』

これはないなあ。でも、何が書いてあるか気になって手に取るかも。などと考えていたら、待ち合わせの相手がやってきた。

強気な店

先日、那覇の市場の近くを歩いていた時のこと。こんな貼紙を見た。

この商品を当店より安く販売している店舗がございましたら、ご一報ください。

へえ、と思う。同様の文言を大型電気店で見かけたことがある。その場合は差額を返金します的なメッセージ付きだった。冷蔵庫とか洗濯機なら、それなりに意味がありそうだ。でも、今回の「商品」はちんすこうなのだ。二八個入り二七八円。これより大幅に安いってことは考えにくい。

同じ通りをさらに進んでゆくと、こんな看板があった。

沖縄県内でここの店だけ安くておいしい。

沖縄そばの店らしい。その横に「ソーキそば三九〇円」とある。確かに安いけど、でも、「沖縄県内でここの店だけ」ってところが強気すぎて、入るのがためらわれる。

以前、通勤途中で見かけたトンカツ屋の看板を思い出した。


油を全く劣化させません。

黒く汚濁した油をつかうほとんどの他店は傷害罪といえます。

肉は一切叩きません。

叩かねば柔らかくできないのは下手ということです。

当店ではこの程度は常識です。


あまりの強気さに驚いた。「傷害罪」「下手」の辺りに、誇り高さが攻撃性に転じる気配があっておそろしい。トンカツ愛の暴走だ。

昔、実家の近くの国道沿いに一軒の本屋があって、その外壁には、こんな言葉が大書されていた。

テレビを見る人間はバカ！

ぎょっとする。でも、この背後には、一応理屈があると思う。つまり、テレビを見る人間＝本を読まない人間＝本屋の敵、という論理ではないか。何故、みんな本を読まない！ こんなに素晴らしいのに！ わかったぞ！ テレビのせいだ！ という心の声が聞こえる。

自店の優位性のアピール　↓　他店への攻撃
商品の価値の確信　↓　異なる価値観への攻撃

戦争はこうやって始まるのかもしれない、と思う。
肉を叩くトンカツ屋を許すな！
テレビを見る人間を狩れ！
激しい憎しみの炎は、やがて、普段は善良な一般市民の心にまで飛び火する。
そうだ！
僕の本が売れないのもテレビのせいだ！
差額を返金せよ！

やっちまえ！

エラーミッキー

友人の編集者Tさんからのメールの中に、メインの用件とは全く無関係ながら、気になる一文があった。

「晩御飯は中華料理。M社のミッキー（スペルのまちがったメールアドレスの子）と行きました。」

「スペルのまちがったメールアドレスの子」って不思議な説明だ。普通は「くいしんぼう仲間の子」とかなるところではないか。思わず尋ねてしまった。

「スペルどうまちがってるの?」

「本名が未希だからミッキーでmickeyなんだけど、eがないの。すでにアドレス作られてて直せないんだって」

「スペルまちがえられてもいいのかなあ」

「たしか『これスペルまちがってるじゃないですかー！』って言ったけど『あ、ごめんごめん。でももう直せへんし、これでいこ！』（社長）みたいなやりとりがあったとか……」

「えー」

「かわいそうだけど、ちょっとおもしろいね。ミッキーにメールするたびに、まちがってるって思うの」


Tさんによると「数年前にイベントの打ち上げでミッキーに会った時、ほむらさんもその話を聞いていたはず。『まちがってるアドレスかわいそうだね（笑）』って言ってましたよ」とのことだが、どうも思い出せない。でも、わかった。だから、「スペルのまちがったメールアドレスの子」って説明だったのか。

確かに、正しいミッキーのことはなんとも思わないけど、エラーのあるミッキーは妙に気になる。正しさは目の前の世界のルールに従属している。でも、エラーやミスはそこからはみ出すことで、もう一つの世界を予感させるのだ。

普段は完全に標準語なんだけど、数字の「七（なな）」の発音だけがおかしい友達がいる。

それを聞くたびに、はっとする。「七」の一点から世界がひび割れて、その奥にあるものが顔を覗かせるような感触がある。彼の「七」が方言の名残りなら、それは故郷の風景だろう。でも、もしも方言でないとしたら、何が現れるんだろう。

そういえば、同じ「七」でも「なな」と「しち」の向こうにある世界はそれぞれ異なっているようだ。和語と漢語の違いだろうか。

自分でつけたメールアドレスのスペルが変な人も知っている。アルファベットの複雑な配列を見て、意味を尋ねたら、こんな答えが返ってきた。

「アフリカ語で『ともだち』みたいな意味」

ところが、後に「ともだち」じゃなくて「どうにかなるさ」だったことが判明。ぜんぜん違うじゃないか。しかも、スペルがまちがっていたらしい。うーん、と思う。そもそも「アフリカ語」ってなんなんだ。ざっくり過ぎる。でも、まあ、その全てが「どうにかなるさ」という思想を体現しているとも云える、のかなあ。

グミと赤裸々

先日、知り合いのKさんと電車に乗った時のこと。Kさんが鞄からグミを取り出して云った。

K「食べる?」
ほ「うん、ありがとう」

それをもぐもぐ食べながら、私はふと思いついたことを口にした。

ほ「グミって、本物の茱萸《ぐみ》に似てないよね」
K「え……」
ほ「似てなくない?」

すると、Kさんは声を潜《ひそ》めて云うではないか。

K「グミってその茱萸から来てるの？」

ほ「え、違うの？」

K「外国のものかと……」

今度は私が緊張した。なんとなく、なんの疑いもなく、グミは茱萸だと思い込んでいた。でも、云われてみれば外国のお菓子っぽい。

後で検索したら、やはりグミはドイツ生まれだった。念のため、茱萸の方も調べたら、こんな記述があった。

なお、グミは大和言葉であり、菓子のグミ（ドイツ語でゴムを意味する"Gummi"から）とは無関係である。

ウィキペディア「グミ（植物）」の項目より

茱萸とゴムじゃ大違いだよ。お菓子の名前にゴムなんて風情がないなあ。などと、いくらぼやいても間違いは間違いだ。

でも、この一文が載せられているということは、私以外にも同じ思い込みをしている人がいるってことだろう。グミを茱萸だと信じている仲間は日本に何人くらいいるだろう。正確には、元仲間か。私はもう真実を知ってしまったから。

自分の中には、このような潜在的な間違いがまだまだたくさん眠っているに違いない。想像すると不安になる。何かの拍子に、それが明るみに出る可能性が常にある。できれば、ダメージの少ないタイミングでそうなりたい。

今回は電車の中だったたから、周りの人々は、心の中でおいおいと思っただろうなあ。でも、無傷とは云えないけど軽傷だ。もっと大きな傷を負ったこともある。

いつだったたか、私の知人はラジオで赤裸々をアカララと云ってしまった。いったん思い込むと、その文字を見てもアカララと黙読してしまうから、意外に気づくタイミングがないんだよなあ。

眩しい言葉

先日、電車に乗った時のこと。小さな男の子がお母さんらしき女性に向かって尋ねていた。

「今、来月？」

え？　と思ったけど、お母さんは穏やかに答えた。

「今、今月よ。来月はひいくんのお誕生日」

男の子は何も云わなかった。ただ、静かに考え込んでいるようだ。

いまはらいげつじゃなくてこんげつ、らいげつはぼくのおたんじょうび……、と思っているのだろうか。

彼の中で物凄い勢いで世界像が組み替わっている音が聞こえるようだ。

「今、今月よ」という答えはまったく正しい。にも拘わらず、なんだか異常な日本語に聞こえる。「今、来月?」という質問が、それほど破格だったのだ。

以前、インターネットに若いお母さんが書き込んでいた子供の言葉を思い出した。


「ねえ、ママ、舌も生え替わるの?」


その子はたぶん、歯が生え替わることを知ったばかりなのだろう。

なるほどなあ、と感心した。こんなに硬い歯なんかよりも、軟らかくてぬるぬるしてる舌の方が、いかにもずろっと生え替わりそうだ。

「今、来月?」や「ねえ、ママ、舌も生え替わるの?」といった質問をした子供の心は、まだ生まれたての宇宙みたいな状態なんだろう。時間と共に、そこから少しずつ固まってゆく。正しさの認識を共有する世界の住人に近づいてゆくのだ。

しかし、生まれたての宇宙の発する言葉たちは、口にされた一瞬、眩しさを放っている。その正体は世界の可能性の光なのだろう。

いつだったか、やはり電車の中で、小学生の女の子が友達に云っていた。

「お店の子はみんな炭酸飲めるよね」

面白いなあ、と思う。自分は会社員の子で、炭酸が苦手なのはそのせいだと思っているのか。彼女なりに固まりつつある心の宇宙がうかがえる。「今、来月?」の圧倒的な眩しさは失われて、しかし、別の味わいが生まれている。

小学生の頃、私も、お店の子はどこか違う、と思っていた。自分でちょっとしたごはんが作れたり、魚肉ソーセージをツケで買ったり。大人っぽかった。そんな「お店の子はどこか違う」感が、彼女の場合は「炭酸飲める」に集約されたのだろう。

子供の眩しい言葉たちを耳にすると、私の世界像はすっかり固まってしまったのか、と不安になる。しかも、日々のメンテナンスで手一杯なのだ。今が来月で会社員の子がうっかり炭酸を飲んだために舌が溶けてずろっと生え替わる世界は、もはや夢の中だけだ。

失言

失言をすることがある。過去のそれらを思い出すと、今でもひやっとする。でも、いくら歳を重ねても失言をゼロにすることはできない。

会社員時代のこと。

残業時間中に、Oくんという後輩が面白いことを喋っていた。周囲の人々は笑っていた。私は少し離れたところにいて、話の輪には入ってなかったけど、内心、可笑しい奴だなあ、と思っていた。

やがて、仕事が一区切りついたので、帰ることにした。「お先に」と云って、部屋から出て、歩き出そうとしたのだが、なんとなく、もう一度ドアを開けて、呼びかけてしまった。

「O」

Oくんが「何ですか」という顔でこちらを見た。

「バーカ」

そして、バタンとドアを閉めて、くすくす笑いながら歩き出したのだが、すぐに失敗に気がついた。

Oくんも他のみんなも、私が突然、暴言を吐いたと思っただろう。

違うんだ。Oくんがさっき面白いことを云ってたから、何かひとこと構いたくなってしまったんだ……。

でも、そんなニュアンスは伝わるはずがない。すべては私の心の中のプロセスに過ぎないのだ。

実際に口にしたのは「バーカ」のひとこと。Oくんが話していた場の流れの中で云ったならともかく、時間差で、わざわざドアを開けてなんて、あまりにも唐突だ。しまった。まずかった。どうしよう。

幸いにも、翌日、Oくんはなにごともなかったかのように対応してくれた。ほっとした。でも、私はなんだかこわくて謝ることもしなかった。うやむやのうちに、全てがなかったことになるのを望んだのか。

自分の失言には、このパターンが多いと思う。

心の中で勝手に考えが進んでしまって、言葉が口を衝《つ》いて出る。複雑な親愛のニュアンスを込めたつもりのネガティブ発言。もちろん伝わらない。単なる暴言や悪口に見えてしまう。でも、治らないのだ。

小学校一年生の時、視力が落ちてしまった。眼医者に行ったら、矯正することを薦められた。黒縁の眼鏡をかけた私を見て、父が云った。

「これでつける職業が半分になったな」

その時は、よく意味がわからなかった。でも、大人になってからぼんやりと思った。あれはちょっとした失言だったんじゃないか。父の気持ちはよくわかる。子供の将来に期待をかけていたから、彼自身がショックだったのだ。

それが、先の発言になってしまったのだろう。でも、本人を絶望させる可能性がある。幸いなことに、当の私はあまりにも子供で、将来とか職業なんてぜんぜんピンとこなかったから平気だったけど。

くらっとくる言葉

街角や電車の中やインターネット上で、たまたま目や耳にした短い言葉によって、異次元に入り込むような感覚を味わうことがある。
本来は短歌や詩がそういうものである筈だが、本の形で読む場合、手にした読者の側にもそれなりの心の準備ができているので、受け止めきれてしまうことが多い。自ら聴こうとしてかけた音楽と、カーラジオから流れてきた音楽とでは衝撃度が違うように、「たまたま」という偶然性が言葉を輝かせるのだろう。
以前、或る喫茶店で、こんな言葉を耳にしたことがある。

「銀杏並木で宗兄弟のどっちかわからない方を抜いた思い出……」

くらっときた。「宗兄弟」とは、一九七〇年代から八〇年代にかけて活躍した双子のマラソン選手である。兄弟揃ってオリンピックにも出たトップランナーだから、「抜いた」と云っても一瞬のことだろう。でも、だからこそ、「思い出」なのだ。ポイントは「どっちかわからない方」である。双子だからそっくりってことなんだけど、これによって奇妙なパラレルワールド感が生まれている。「銀杏並木」には、ギンナンの異臭も漂っていたかもしれない。

ギンナン繋がりで、女子高生のこんなツイートを思い出した。

「パパがＪＡＬのゲボ袋に銀杏入れてチンしてる」

くらっときた。日常の一コマなんだけど、何かが不穏だ。本来は吐いたものを入れるための袋にこれから食べるものを入れているところ、さらには飛行機が電子レンジに入って「チン」されているような、錯綜した入れ子感覚がこちらの頭をおかしくする。

また、別の或る時、サプリメントの注意書きの中に発見した言葉がある。

「口腔内崩壊錠」

くらっときた。噛み砕いて飲む所謂チュアブルタイプの錠剤なんだけど、日本語ではこうなるんだなあ。漢字の列びの異様さにやられた。そういえば以前、放射能の量を表す単位であるベクレルの和名が「壊変毎秒」だと知った時も、似たような感覚に囚われたっけ。いずれも、なんだか禍々しい。

それから、先日、ＹｏｕＴｕｂｅで昔のテレビ・コマーシャルを見ていた時のこと。こんなフレーズが出てきた。

「金魚が当たる！」

昭和三十一年の不二家のＣＭである。もちろん白黒の映像だ。私が生まれる前なのに、得体の知れぬ懐かしさに襲われた。賞品が金魚って……。そうだ、日本って、そうだったんだ。くらっ。

昭和のテレビ

ＹｏｕＴｕｂｅにアニメ版の「巨人の星」を発見した。子供の頃、夢中になった番組だ。見始めたら、懐かしくて止まらなくなった。登場人物の反応がいちいちオーバーで暑苦しいのだが、メタという概念のない時代の本気さに引き込まれる。

その中で、主人公星飛雄馬の父である一徹が、こんなことを云っていた。

「人生六十年というが……」

え、と思う。そうか。この頃は、平均寿命がそれくらいだったのか。ちなみに「巨人の星」は一九六八年に放映が始まっている。

さらに、いろいろな昭和の番組を見ていたら、同じく野球アニメの「男どアホウ！甲子園」の主題歌に、こんなフレーズが出てくることに気づいた。

「どうせ人生七十年だ」

こちらは放映開始が一九七〇年である。星一徹の発言とは十年のズレがあるけど、いずれにしても、現在より人生が短かったことがわかる。

人生の長さだけでなく、当時の子供向け番組に使われている言葉自体も、今とはずいぶん違っている。例えば、「ナショナルキッド」の主題歌には「快男児」、「ジャイアントロボ」の主題歌には「凱歌」がそれぞれ出てくる。どちらもめっきり聞かなくなった言葉だ。

また「新・サインはV」というバレーボールのドラマには、こんな台詞が乱れ飛んでいた。

「いよいよ檜舞台ね」

「老婆心ながら云わせてもらうわ」

「Z旗はもうあがったのよ」

喋っているのは二十代の女子である。なんだか、逆に新鮮だ。

先日、晩御飯を食べながら、「巨人の星」と同時代のドラマ「仮面の忍者赤影」を見ていたら、卍党の首領幻妖斎が赤影に向かってこう云っていた。

「命冥加なやつよ」

その時、妻が不思議そうに云った。

「何て云ったの？」

私は答えた。

「『命冥加』じゃない？」

でも、妻は「？」という顔のままだ。どうやら「命冥加」を知らないらしい。そうかあ、と思った。彼女は私よりも九歳年下である。その辺に何かのラインがあるのかもしれない。「命冥加なやつよ」、これ、昭和の時代劇の決まり文句だよ。今、会社とかで女性が呟いたら、かっこいいと思うなあ。

振り切られる言葉

インターネット上で若者のツイートを目にして、感覚的についていけない、と思うことがある。世代による価値観の違いという意味ではない。言葉の感度が鋭すぎて、受け止めきれずに振り切られてしまうのだ。そのたびにショックを受ける。

例えば、短歌や俳句や詩にも、理解できない作品はたくさんある。でも、ショックは受けない。理由は、それらが作品として書かれているからだ。

表現の場では、作品という名の出力結果を良きものにするために、ありとあらゆる手立てが尽くされる。理解できなくても、それは出力時の「手立て」に混乱させられている可能性が高いと思う。書き手が実際に何をどう感じたのかはわからないのだ。出力結果から入力時に感受したものを逆算することはできない。

だが、表現として書かれていない素直なツイートの場合は、ちょっと事情が違っている。それらは入力と出力の直結を感じさせることが多い。にも拘わらず、振り切られてしまう時、自分自身の感受性に不安を覚えるのだ。
ネット上で発見したツイートから、幾つか例を挙げてみよう。

その一、わかる言葉
「手足生えたてのカエルがいて、陸地でのふるまいがど素人だった。応援した」
これはわかる。「陸地」生活の先輩として「応援した」のだろう。ほのぼのした気分になる良いツイートだ。

その二、なんとなくわかる言葉
「銀杏並木で宗兄弟のどっちかわからない方を抜いた思い出……」
「パパがＪＡＬのゲボ袋に銀杏入れてチンしてる」
これらは以前「くらっとくる言葉」として紹介したことがある。日常のスケッチでありつつ、詩的なゾーンに入り込んでいるようだ。「宗兄弟のどっちかわからない方を抜いた」のパラレルワールド感や、「ＪＡＬ」「ゲボ袋」「銀杏」「チン」の不穏な入れ子感が、奇妙なポエジーを生み出している。

その三、振り切られる言葉

「春と夏と秋と冬が一度にやって来て人が死ぬ」

一読して、なんか凄いんじゃないか、と思った。「死」の本質を云い当てているような気もする。でも、わかるかと云われるとわからない。魅力を分析するのが難しい。

「戦争が廊下の奥に立つてゐた」（渡辺白泉）や「いつせいに柱の燃ゆる都かな」（三橋敏雄）のように、戦争に関連した俳句に季語を含まない名作があることを連想した。「死」は季節を殺すのか。

このツイートについて歌人の友達に相談したら、「面白いね。でも、春と夏と秋と冬＝四季＝死期って駄洒落なんじゃないの？」という答えが返ってきた。びっくり。それはそれでショックだ。

電気のコンセント

昨夜、原稿を書いていた時のこと。「袖まくり」と打ってから、ん？　と思った。「腕まくり」だっけ？　でも、「袖」はまくれるけど「腕」はまくれないよな。それとも二つは意味が違うのか。一度迷うと、混乱する。どっちが正しい、或いは、どう違う、もしくは、どっちでもいいのか。キーボードを打つ手が止まってしまった。

逆に、その場ではなんの疑いもなく書いてしまって、校閲のチェックが入ることも多い。この間も、或る文章の中で「電気のコンセント」と書いたところ、「コンセント＝電気の供給に使うものなので「電気の」を取りますか？」と指摘された。

え、そうなのか。じゃあ、取ろうかな。どうだろう。と、しばらく考える。そういえば、「充電器のコンセント」と書いて「それは「プラグ」では？」と教えられたこともあったっけ。あの時は、一瞬、頭の中が白くなった。コンセント……プラグ……コンセント……プラグ……、日本語って難しい。日本語じゃないけど。

原稿の中身とはさほど関係のない言葉のレベルで躓《つまず》くと、そこからどんどん不安が大きくなってゆく。不安の雪だるまだ。もしかして、自分の日本語は間違いだらけなんじゃないか。そんな感覚に包まれて、身動きできなくなる。かといって、とりあえず先に進もうと割り切って書いてしまうと、後で怖いことになる。編集や校閲で全てをチェックして貰えるわけではないからだ。

以前、友人の編集者と喋っていて「「古来より」と書くような作家とは仕事をしたくない」という発言にぎくっとしたことがある。なんとなく心当たりが……、後でおそるおそる自分の本を読み返したら、見つかってしまった。ぶわっと汗が出た。でも、その人には云えなかった。まだ打ち明けていない。

別の人からは、「違和感を感じる」は重複だからNGで「違和感を覚える」か「違和を感じる」にしたほうがいい、と云われたこともあった。なるほどと思って、それから気にかけている。

重複表現にはいろいろなバリエーションがあって、ついやってしまう。「電気のコンセント」もその一つだ。全てを避けようとすると大変なのだ。一つの文章の中に「こと」が二つ入っていることに気づいてしまうと、がっくりする。やっぱり直さなきゃ駄目かなあ。

「確信犯」の使い方が変と云われたこともあった。でも、指摘された事実だけを覚えていて、正しい意味がインプットされていないから困る。使うたびに辞書を引かないと。それなのに、どうして覚えられないんだろう。脳みそに正しく上書きできないのだ。

その最たる例が、「意志」と「意思」だ。遠い昔から、この二つがどうしても正しく使い分けられない。脳のその部分が壊れているのか、と思うくらい。でも、どうしても避けられない表現だ。あ、これは例の言葉を書く流れ……、と途中で気づいてもどうしようもない。キーボードを打つ手が、ぴたっと止まる。「意志」か「意思」か、確率二分の一のロシアンルーレットだ。市町村の合併みたいに、ひとつにまとめて貰えないだろうか。

即答断言ガールズ

或る飲み会の席でのこと。

何かのはずみに戦国武将の話題になった。すると、たまたま歴史好きの何人かがいて場が盛り上がった。信長が、秀吉が、いや、地の利に恵まれていれば信玄が、いやいや、それをいうなら謙信が、とおのおのが愛する武将の名を挙げて熱く語り合っている。

「ほむらくんは、誰が好き？」

そう聞かれて私は戸惑った。戦国武将のことをあまり知らないのだ。

「え、うーん、考えたことないなあ」

次に、同じ質問がその場で唯一の女性に飛んだ。

「Sさんは？」

それまで黙っていたSさんは云った。

「新田義貞」

即答である。しかも、なんだか渋い答えだ。

「どうして？」

皆、興味津々だ。

「側室を持たなかったから」

おおっ、と全員が唸った。

それまでは戦略とか戦術とか革新性とか敵に塩を送るとか関ヶ原敗戦後の退却が前方の敵陣突破とかについての話が続いていた。

でも、Sさんの口から出たのは、そこからかけ離れた、まったく思いがけない尺度だ。かっこいいなあ。

実際に新田義貞が側室を持たなかったかどうかは知らない。でも、Sさんのことは好きになった。


また別の飲み会の時。

ウルトラマン派か仮面ライダー派か、という話になった。いい年をしたおじさんたちが、あーだこーだ、あーだこーだ、とそれぞれの主張をして止むことがない。

ちなみに私はウルトラマン派で、「三面怪人ダダ」や「四次元怪獣ブルトン」のネーミングの面白さについて語った。

でも、最終的には好みの問題だから、いくら話し合っても、もちろん優劣についての結論なんか出るものじゃない。

ここは、その場の紅一点で、にこにこと話を聞いていたNさんにジャッジして貰おう、ということになった。

「Nさんはどっちがいいと思う？」

彼女はウルトラマンも仮面ライダーもほとんど見たことがないらしい。でも、きっぱりと云った。

「ウルトラマンは宇宙じゃん。でも、仮面ライダーは虫なんでしょう？」

それまでのディベートをほとんど無視した独断である。でも、その大胆な捉え方が面白かった。

こうしてウルトラマン派に凱歌が上がった。

名付けの力

三十数年前のこと。大学の体育の授業の後で、グラウンドから引き上げる時、足元に違和感を覚えた。あれ、なんか変だな、と思った瞬間、激痛が来た。私は地面に転がりながら絶叫した。

「足が、足がああああ!」

驚いて、みんなが集まってきた。

「大丈夫?」

でも、答える余裕もない。

「足、があああ!」

一人が云った。

「攣《つ》ったんだね」

へ、と思った。攣った? これ、未知の異変じゃなかったの? そのとたん、私は急に冷静になって、恥ずかしさに襲われた。足が攣っただけで、この世の終わりみたいに叫んでしまった。攣るとか腓返《こむらがえ》りとか、話に聞いたことはあったけど、実際に体験するのは初めてだったから、何か大変なことが起こったと思ったんだ。ふくらはぎはまだ攣っていた。でも、それが普通によくある現象だと理解しただけで、耐えられるようになってしまった。

風邪の時の悪寒なども、そうだと思う。熱いのか寒いのかわからない独特の気持ち悪さ、もしもあの感覚に悪寒って名前がついてなかったら、とても不安になるだろう。それから、飛蚊《ひぶん》症《しょう》。目の中にほよほよしたゴミみたいなものが浮かんで見える、あれもそうだ。具体的な名前によって、それらは未知の異変から既知の現象になる。

友人の女性は、夫婦喧嘩をした時、部屋の或る場所にマジックで×印を描いて、こう云ったらしい。

「私、ここで首を吊るから」

凄いなあ、と思った。単に「死んでやる」とか「殺してやる」とかでは、そこまでの迫力は出ないだろう。夫婦喧嘩は犬も食わないという言葉もあるくらいだ。ところが、×印を描いたとたん、次元が変わる。話が急に現実味を帯びてくる。その行為によって、×の場所が他から差別化されたのだ。これも一種の名付け効果だろう。

先日、房総方面に向かう特急電車に乗った時のこと。私は本を読もうとした。ところが、初めての電車だから読書灯の点け方がわからない。座席のどこにもスイッチらしきものがない。そうか、直接押すか回すかするタイプなんだ。そう思って、頭上のライトをぐいぐいやってみた。点かない。汗が出てきた。いつもなら諦めるところだ。でも、今日は頑張ってみよう、と思う。ここで粘れるかどうかに、これからの人生が懸かっているような、変な気持ちにとらわれていた。幸い車内はがらがらだ。恥ずかしくない。読書灯に未来を懸けてやる。走る電車の中で、中腰になったまま、爪が痛むほど弄《いじ》くり回した。が、どうしても点けることができない。

その時、パーサーの女性が巡ってきた。私はなるべく落ち着いた声で訊いた。

「読書灯はどうやって点けるのですか」

パーサーは不思議そうに云った。

「こちらのお席には読書灯はございません」

驚いて頭上を見ると、彼女は済まなそうに云った。

「送風口でございます」

私は思い込んでいた。その位置にある丸いものは読書灯、と。つまり、勝手に名付けてしまったのだ。その時、私の運命は決まった。

隣の声

近所のカレー屋で、牛すじトマトカレーを食べていた時のこと。

隣の席に、家族連れらしい四人がいた。小太りな髭のお父さん、ジーンズのお母さん、そして、中学生くらいの女の子と小学生くらいの男の子。

「誤解されがちだけど、彼はただの戦争屋じゃないんだよ。立派な劇場を作ったし……メートル法も広めたし……」

ふと気づくと、お父さんが誰かのことを褒めていた。

「凄い読書家で……親孝行で……」

うんうん、とお母さんが頷いている。でも、二人の子供はまったく無反応だ。

「すばらしい人だよ！　ナポレオンは！」

意外な名前が出た。お母さんが大きく頷く。けれど、子供たちはスルー。まあ、そうだよなあ。相槌、打ちにくいよ。

「彼のお母さんはまだ生きてるんだ」

え、と思う。子供たちが、初めて顔を上げてお父さんを見た。

「あ、お父さんが今読んでる漫画の中ではね」

なるほど。だから、親しい友達みたいに熱く語ってたのか。子供たちの首がかくっと折れて、またカレーに戻った。

また別の或る日。

ファミリーレストランでハンバーグを食べていたら、隣の席にいた小さな女の子が「うんこ、うんこ」と云い出した。「トイレ？」とお母さんが尋ねる。でも、そうじゃないらしい。ただふざけているのだ。

「しっ、駄目よ」と、お母さんが周囲を気にして声を潜めると、ますます調子に乗って、その言葉を連呼する。駄目って云えば云うほど、子供って、ああなるよなあ。可愛い女の子だけど、子供は子供だ。

お母さんも大変だな、と思って様子を見ていると、女の子はノリノリで「うんこうんこうんこうんこうんこ」。

あまりのしつこさに、お母さんはとうとうキレてしまった。

「わかなちゃん、わかな！　いい加減にしなさい！　うんこ、じゃなくて、うんち、でしょう？」

そこか……。

ラインマーカーズ

そこだけラインマーカーが引かれているかのように、鮮やかに目に飛び込んでくる言葉がある。先日、元プロ野球選手の山本昌氏について、インターネットで調べていたら、ウィキペディアの「選手としての特徴」の欄に、こんな記述があった。

指を舐めてから投げる癖がしばしば見られるが、スピットボールと見なされないようにユニフォームで拭いてから投げている。他に舌を出しながら投げるという癖もあり、これは高校時代に荒木大輔の投球時の表情を真似していたらいつの間にかついた癖だと話している(荒木自身は舌を出していない)。

最後の「荒木自身は舌を出していない」に、え？　と思う。それから、しばらく考えて、なんとなく納得。つまり、こうじゃないか。「荒木大輔の投球時の表情」の真似をしたら、思わず舌が出ちゃったけど、本物は出ていなかった。すなわち真似が下手、とも云えなくて、物真似のプロなんかでも本人の特徴をわざと誇張することがある。その結果、本物とは違っちゃうんだけど、それはむしろ本物以上に本物というか。高校時代の山本昌がそこまで考えたかどうかわからないけど、似せようとした努力の結果であることは確かで、それが投げようとすると舌が出るという形で焼きついてしまった、と。このエピソードは事実としか思えない。「舌を出しながら投げるという癖」に関して、そんな理由は想像ではまず思いつかないから。

また別の或る日。『開店休業』（吉本隆明）という本を読んでいたら、次のように書かれていた。

どんどん焼きは自分で焼いたが、焼きそばは店のおばさんが焼いてくれた。いまでも存命なら百四十歳くらいと思う。

え？　いや、意味はわかるけど、百四十歳って……、面白いなあ。他に、こんな一文もあった。

〈おれにはわからない何かが魚にはある〉

「幼年のころから魚嫌いで、あまり食べなかった」ことに関するコメント。にしては、何かが深すぎるところがいい。私はあんかけのあんが苦手なんだけど、〈おれにはわからない何かがあんかけのあんにはある〉とは思わなかった。さすがは戦後最大の思想家吉本隆明。一人だけ別の次元を生きているような魂の本気度に痺れる。

と書いてきて思い出す。学生の頃、外国の高名な宗教家の本を読んでいたら、「私は太陽系の範囲内では不死、ただしジャガイモを食べると死ぬ」みたいな一文が出てきて、え？ と思ったことがあった。慌てて略歴を見ると、なんとだいぶ前に死んでいるではないか。うっかり「ジャガイモ」を食べたのか。敵が多かったみたいだから、こっそり食べさせられたのかもしれない。

あとがき

街角でふと耳にした会話、お店の看板、子どもの主張、教室の机の落書き、家族の寝言など、たまたま出会った言葉の断片が、作品として書かれた詩よりもリアルな詩に見えてくることがあります。そんな言葉を集めて、あれこれ考えるのが昔から好きでした。本書のテーマは「偶然性による結果的ポエム」についての考察。ただ、どうしても書名が思いつかず、迷っているうちに数年が経ってしまいました。街にはこんなにも詩が溢れているのに私の頭は空っぽと悲しくなりました。

そんな時、「『彗星交叉点』はどうですか?」と提案してくれたのは、筑摩書房の山本充さんでした。大小の彗星たちが擦れ違う宇宙の交叉点……、どこからか現れて、どこかへ消えてゆく星たちの姿が、謎めいた言葉が飛び交う本書のイメージと重なりました。葛西薫さんには、素晴らしい装丁で『彗星交叉点』を形にしていただきました。また、「ちくま」誌上の連載から単行本化まで、編集の鶴見智佳子さんに大変お世話になりました。どうもありがとうございました。

二〇二三年一月三日　穂村　弘

初出

「絶叫委員会」　ＰＲ誌「ちくま」二〇一一年八月～二〇一六年六月

穂村 弘（ほむら・ひろし）

1962年、北海道生まれ。歌人。1990年に、歌集『シンジケート』でデビュー。短歌にとどまることなく、エッセイや評論、絵本、翻訳など広く活躍中。著書に『手紙魔まみ、夏の引越し（ウサギ連れ）』『ラインマーカーズ』『世界音痴』『もうおうちへかえりましょう』『絶叫委員会』『にょっ記』『野良猫を尊敬した日』『短歌のガチャポン』など多数。2008年、短歌評論集『短歌の友人』で伊藤整文学賞、2017年、エッセイ集『鳥肌が』で講談社エッセイ賞、2018年、歌集『水中翼船炎上中』で若山牧水賞を受賞。

彗星交叉点《すいせいこうさてん》

2023年3月5日　初版第一刷発行

著者　穂村 弘

発行者　喜入冬子
発行所　株式会社筑摩書房
東京都台東区蔵前2-5-3　〒111-8755
電話番号　03-5687-2601（代表）
印刷・製本　中央精版印刷株式会社

ISBN978-4-480-81571-2 C0095

◉筑摩書房の本◉

〈ちくま文庫〉

絶叫委員会

穂村弘

町には、偶然生まれては消えてゆく無数の詩が溢れている。不合理でナンセンスで真剣だからこそ可笑しい、天使的な言葉たちへの考察。　解説　南伸坊

〈ちくま文庫〉

回転ドアは、順番に

穂村弘
東直子

ある春の日に出会い、そして別れるまで。気鋭の歌人ふたりが、見つめ合い呼吸をはかりつつ投げ合う、スリリングな恋愛問答歌。　解説　金原瑞人

〈ちくまプリマー新書〉

しびれる短歌

穂村弘
東直子

恋、食べ物、家族、動物、時間、お金、固有名詞の歌、トリッキーな歌など、様々な短歌を元に歌人の二人が短歌とは何かについて語る。楽しい短歌入門！